GTB
Gütersloher Taschenbücher
1537

Weitere Taschenbücher zur Advents- und Weihnachtszeit:

GTB 827	Manfred Mai: Das neue Adventskalenderbuch.
GTB 1352	Hans Christian Andersen: Weihnachtsmärchen. 2. Aufl.
GTB 1355	Charles Dickens: Ein unerwartetes Weihnachtsfest.
GTB 1363	Anton Tschechow: Erzählungen zur Weihnachtszeit.
GTB 1367	Adalbert Stifter: Ich habe den Heiligen Christ gesehen.
GTB 1371	Hans Fallada: Lüttenweihnachten und andere Weihnachtserzählungen.
GTB 1503	Steffi Baum (Hg.): Neue Advents- und Weihnachtsgeschichten – Kindern erzählt. 5. Aufl.
GTB 1505	Dietrich Steinwede (Hg.): Vom Engel, der nicht singen wollte. Eine Auswahl der schönsten Weihnachtslegenden. 2. Aufl.
GTB 1506	Dietrich Steinwede (Hg.): Engel – die von Weihnachten erzählen. Geschichten und Gedichte.
GTB 1507	Edith Meyendorff (Hg.): Geschichten von Advent und Weihnachten: Kindern erzählt
GTB 1508	Elke Bräunling:Das Haus mit den Butzenscheiben. Eine Geschichte für 24 Adventstage.
GTB 1509	Fried Noxius: Der Eisblumenstrauß. Geschichten zur Winter- und Weihnachtszeit.
GTB 1512	Eric Hultsch: Anne feiert Weihnachten. Ein Märchen für 24 Adventstage. 2. Aufl.
GTB 1513	Eric Hultsch: In dunkler Nacht ein helles Licht. Eine Weihnachtsgeschichte.
GTB 1532	Raul Niemann (Hg.): Macht hoch die Tür. Weihnachtslieder. 2. Aufl.
GTB 1536	Selma Lagerlöf: Geschichten zur Weihnachszeit. 7. Aufl.
GTB 1545	Sabine Leibholz-Bonhoeffer: Weihnachten im Hause Bonhoeffer. 8. Aufl.
GTB 1553	Martin Verlohr (Hg.): Russische Weihnachtserzählungen. 2. Aufl.
GTB 1554	Dietrich Kerlen (Hg.): Irische Weihnachtserzählungen.

Rudolf Otto Wiemer

Bethlehem ist überall

Geschichten und Gedichte zur Weihnachtszeit

Illustrationen von Gabriele Kuhnke

Gütersloher Verlagshaus Gerd Mohn

Originalausgabe

Die Deutsche Bibliothek – CIP-Einheitsaufnahme

Wiemer, Rudolf Otto:
Bethlehem ist überall: Geschichten und Gedichte zur
Weihnachtszeit / Rudolf Otto Wiemer. – Orig.-Ausg., 7. Aufl. –
Gütersloh: Gütersloher Verl.-Haus Mohn, 1992
(Gütersloher Taschenbücher Siebenstern; 1537)
ISBN 3-579-01537-0
NE: GT

ISBN 3-579-01537-0

7. Auflage (59.–65. Tausend), 1992

Umschlagentwurf: Dieter Rehder, B-Kelmis,
unter Verwendung einer Illustration von Gabriele Kuhnke, Essen
Gesamtherstellung: Clausen & Bosse, Leck
Printed in Germany

Inhalt

Abdruckgenehmigungen erteilten der Wolfgang Fietkau Verlag, Berlin, für »Nachrichten aus Bethlehem« (aus dem Band »Wortwechsel«) und der Deutsche Theaterverlag, Weinheim, für »Bänkellied« (aus »Moritat von der großen Veränderung«) und für »Bethlehem« (aus »Sage, wo ist Bethlehem«).

Bänkellied zu Weihnachten

Wir woll'n, meine Damen und Herren,
wieder mal Weihnachten feiern.
Wir wollen Parolen nicht plärren,
nicht Liedlein leiern.
    Nach Bethlehem wollen wir gehn.

Wir wollen den Frieden beschließen,
Frieden mit allen und jeden.
Wir wollen aufhören zu schießen,
wir wollen reden.
    Nach Bethlehem wollen wir gehn.

Wir wollen nicht Ansprachen halten,
nicht flöten himmlische Weisen.
Wir wollen, die sitzen im Kalten,
wärmen und speisen.
    Nach Bethlehem wollen wir gehn.

Wir wollen nicht hassen, nicht jammern,
nicht klingeln lassen die Kassen.
Woll'n treten in dunkle Kammern,
in dunkle Gassen.
    Nach Bethlehem wollen wir gehn.

Wir woll'n bittre Mienen nicht machen,
nicht schrein: Laßt uns ungeschoren.
Woll'n leise es sagen mit Lachen:
Christ ist geboren.
    Nach Bethlehem wollen wir gehn.

Woll'n stehn bei den Hirten und Herden
in allen Zonen und Ländern.
Denn seit Gott einkehrte auf Erden,
kann sie sich ändern.
    Nach Bethlehem wollen wir gehn.

Die Reise nach Bethlehem

Bredelem heißt unser Ort. Er kann nichts dafür, daß er so heißt, auch wenn es mitunter aussieht, als wollten die Leute uns deshalb verspotten. »Machen wir mal eine Reise nach Bethlehem!« sagen sie. Ein Spaß, nichts weiter. Aber damals, als die Geschichte mit Mausche Grendel passierte, mußte man vorsichtig sein mit Späßen. Lehrer Fricke jedenfalls wurde stets giftig und sagte, wir sollten es nicht dulden, wenn jemand unserem Ort etwas anhängen will.

Wir nickten, weil wir immer nickten bei Lehrer Fricke; sonst hatten wir nichts gegen Bethlehem. Es war uns auch gleich, worüber die Erwachsenen Späße machten. Wir klopften Pfeifen aus Holunder. Wir fingen Stichlinge mit dem Käscher. Dann ließen wir Drachen steigen. Dann rauchten wir heimlich Hopfenstengel. Dann schneeballerten wir. Dann schnitten wir wieder Holunder und klopften Pfeifen. Dann machten wir den Schulausflug zur Dobeler Burg, im Juni, die ganze Schule, zwanzig Jungen und siebzehn Mädchen.

Jedes Jahr fuhren wir mit dem Bus zur Dobeler Burg, wenn dort auch nur ein Turm, ein paar schiefe Mauern und ein Kellergewölbe zu sehen sind. Aber Lehrer Fricke sagte, das wäre eine stolze Vergangenheit. Wir nickten und zählten die Stufen. Sechsundachtzig waren es. Und ganz unten gab es ein Verlies mit Spinnweben und Ratten, wo es nach verfaultem Stroh roch. »Da haben die Kaufleute dringesessen«, sagte Herr Fricke, »und geschmachtet, bis das Lösegeld kam. Wenn es nicht kam, mußten sie verhungern.« Wir machten große Augen. So etwas geschieht heute ja nicht mehr, doch es ist angenehm gruselig zu hören. Und Herr Fricke sagte: »Andere Zeiten, andere Sitten.«

Hinter der Burg war eine hölzerne Bude, wo es Bonbons

und Limonade zu kaufen gab. Herr Fricke trank da meist ein Helles und wickelte die Wurststullen aus. Wir spielten Raubritter und Kaufmann, die Mädchen hüpften oder hatten einen Ball. Und wenn wir genug gespielt hatten und Herrn Frickes Bierglas leer war, zog er eine Trillerpfeife aus der Tasche und ließ uns antreten. Er gab scharfe Kommandos, dann marschierten wir in Dreierreihen zum Schwimmbad. Dort holte uns der Bus ab. Wir sangen, wir lutschten Bonbons und fuhren nach Hause.

Herr Fricke bezahlte das alles aus der Reisekasse. Sogar die Limonade bezahlte er, nur die Bonbons nicht. Und er war sehr stolz auf die Reisekasse, denn sie ist seine eigene Erfindung gewesen. Niemand brauchte etwas einzuzahlen. Trotzdem war stets, wenn wir zur Dobeler Burg fuhren, genau soviel Geld drin, wie es kostete. Das klingt nach Zauberei, es ist aber leicht zu erklären. Wir führten nämlich jedes Jahr zu Weihnachten ein Theaterstück auf, das ist ebenfalls eine Erfindung von Herrn Fricke gewesen. Er hatte es gedichtet, als er noch nicht in der SA war: von Maria und Joseph, von den Hirten und von den Weisen aus Morgenland und den Engeln. Das meiste konnten wir schon vom Vorjahr auswendig. Klaus Schöpke zum Beispiel war der Herodes, weil er Stimmbruch hatte und fast so tief sprechen konnte wie Herr Fricke. Renate Schüddekopp spielte die Maria, Glombitza einen Hirten. Udo Voß, weil er groß und dürr war, mußte der Joseph sein. Die Mädchen waren natürlich Engel. Und ich der Mohrenkönig. Ich schmierte mir das Gesicht mit Ofenruß schwarz und schnitt eine Krone aus Seifenkarton, die bemalte ich mit Goldbronze.

Die Aufführung fand stets zwei Tage vor Heiligabend im »Weißen Roß« statt. Es war proppenvoll, das freute uns, denn jeder, der es sehen wollte, mußte fünfzig Pfennige Eintritt bezahlen. Das taten die Leute auch, hauptsächlich weil Mausche Grendels Esel mitspielte. Es gab da öfter etwas zu lachen, wenn der Esel zum Beispiel was fallen ließ oder wenn er die Vorderbeine gegen die Bretter stemmte. Manchmal stieß er auch einen Schrei aus. Deswegen hauptsächlich kamen die Leute und bezahlten. Unser Dorf ist ja klein, es hat nicht mal ein Kino, und man kriegt sonst nicht viel zu sehen, wenigstens damals nicht, als wir unsere Ausflüge zur Dobeler Burg machten. Immerhin, das Geld für die Reisekasse kam reichlich zusammen. Lehrer Fricke rechnete es an der Tafel aus. Zuletzt sagte er: »Tja, wenn wir Mausche Grendels Esel nicht hätten!« Damit hatte er recht, denn die Geschichte von Maria und Joseph, da ist nicht viel Neues dran, man kennt sie. Aber der Esel, der war sehenswert.

Er hieß Bileam, glaube ich. Er hatte ein zotteliges, zernarbtes Fell und wässerige Augen. Vielleicht ist er schon alt gewesen, doch das war sein Herr auch.

Mausche Grendel verkaufte Schnürsenkel, Zwirn, Strümpfe, Wollgarn, Sicherheitsnadeln, Bleistifte, Radiergummi, Malbücher, Seife, Parfüm, lauter Kleinkram. Man hätte es ebensogut im Dorfladen kaufen können, aber bei Mausche Grendel war alles ein paar Pfennige billiger. Außerdem kriegte man, wenn man für eine Mark kaufte, einen Ring geschenkt, einen Fingerring mit grünem oder rotem Stein. Und vor Weihnachten hatte er natürlich auch Engelshaar, Schneewatte, Lametta, Glaskugeln, Wunderkerzen und Rauschgoldsterne. Mausche machte kein schlechtes Geschäft, sehr zum Ärger des Kaufmanns, der sagte, es wäre alles Schund, man sollte zu ihm kommen, da hätten wir reelle Ware. Wir gingen aber lieber zu Mausche.

Er stand mit seinem Wägelchen bei Ebecke unten im Dorf, und der Esel stand in Ebeckes Scheune. Er war am Pflock festgebunden und streckte den Kopf zwischen den Balken durch. Meist schneite es, oder es regnete, dann blickte uns der Esel noch trauriger an.

»Is müde, das Eselche«, sagte Mausche. Er hatte ein zerknittertes, blasses Gesicht. Über den Schläfen kräuselten sich Büschel pechschwarzer Haare. Auch seine Brauen, in denen der Schnee hing- waren schwarz. Er trug Schaftstiefel, wie Lehrer Fricke, nur waren sie längst nicht so neu und blank gewichst. Der Mantel, an dem zwei Knöpfe fehlten, hing schlottrig an ihm herunter. Nachts, sagten die Leute, wickelt er sich in den Mantel und legt sich neben dem Esel Bileam ins Stroh. Deswegen sah man meist Halme oder Spelzen am Mantel haften, aber das machte Mausche Grendel nichts aus. Er hatte, sagten die Leute, keine Frau mehr, die auf ihn achten konnte. Nur eine Tochter hatte er, die war krank. Wer sollte ihm da den Mantel bürsten und die Knöpfe annähen? Aber er hatte sie sehr gern, die Tochter. Und den Esel fast ebenso gern.

Vielleicht war Mausche sogar stolz darauf, daß der Esel in unserem Stück mitspielen durfte. Es sah prächtig aus, wenn Renate Schüddekopp in ihrem blauen Mantel dahergeritten kam. Mausche stand dann hinten im Saal und gab acht, daß der Esel nichts verpatzte. Und sooft man den Bileam lobte, zwinkerte der Alte und sagte: »O bitte särr! Is a gutts Eselche! A gutts Eselche!«

Das zerknitterte Gesicht wurde dann glatt und glänzend, und er wollte keine Entschädigung annehmen, nein, nichts, keinen Pfennig, nicht mal ein Schnäpschen.

»Is ja eine Ehre«, sagte er, die Hände hebend, »eine große Ehre! Bitt scheen, die Herrschaften, das macht der Bileam umsonstig!«

Alljährlich richtete Mausche es so ein, daß er kurz vor Heiligabend in unser Dorf kam. Wir warteten schon tagelang auf ihn und gingen an die Westerbecker Kreuzung hinauf, wo man die Straße bis an den Wald überblicken kann. Und sobald Mausche Grendel mit dem Wägelchen unten in der Waldschneise auftauchte, liefen wir ihm entgegen, nahmen ihm die Zügel aus der Hand und schoben das Wägelchen so

rasch vorwärts, daß der Esel sich erstaunt umsah. Mausche lachte und wischte sich den Schweiß ab: »So gutt mecht er's halt immer haben, der Graue!«

Noch ehe wir ins Dorf zogen, lief einer voraus und meldete Lehrer Fricke: »Der Esel ist da!«

Herr Fricke hatte sich womöglich schon Sorgen gemacht, ob Mausche nicht etwa krank wäre. Man weiß ja, wie es in der Welt zugeht und wie unverhofft es kommen kann.

In dem Jahr allerdings, von dem ich erzählen will, es war das Jahr, als Lehrer Fricke die Marschstiefel anzog und manchmal mit braunen, geschweiften Hosen in die Schule kam und mit einem Koppel um den Bauch, da machte er sich keine Sorgen um Mausche Grendel. »Die Geschichte ist sowieso nicht zeitgemäß«, sagte er, und es täte ihm fast leid, daß er so etwas geschrieben hat, aber man ist ja früher blind gewesen, jetzt ist das nicht mehr der Fall, jetzt durchschaut man die Sache.

Wir wußten nicht genau, wie Lehrer Fricke das meinte. Es war kein Spaß, soviel sahen wir ihm an. Er reckte die Schultern und marschierte stramm in der Klasse auf und ab, daß die Dielen knarrten.

Trotzdem gingen wir an die Westerbecker Kreuzung. Es schneite, wir konnten nicht weit sehen. Ein Schwarm Krähen flog über uns weg, es war nachmittags gegen halb vier, fast dämmerig, da sagte Udo Voß: »Dort kommt was.«

Wir starrten gegen die Waldschneise. Die Straße war weiß, der Wald war auch weiß, aber nur auf der Windseite. Auf der anderen Seite war er dunkelgrün, fast schwarz. Und dort, zwischen dem Schwarzen und Weißen, da sahen wir etwas sich bewegen, langsam, viel langsamer als sonst.

»Ein Wagen«, sagte Glombitza.

Wir kniffen die Augen zusammen. Ein Wagen, jawohl, aber kein Esel.

Wir rannten die Straße hinunter. Jetzt sahen wir, daß Mausche einen Riemen quer über Brust und Schultern trug, und dieser Riemen war an der Achse des Wägelchens befestigt.

Mausche lächelte dünn, als er uns gewahrte. Er nahm den Hut ab und wischte den Schweiß von der Stirn. Die Haare waren verklebt vor Nässe, das Gesicht schmal und spitznäsig. Es war der gleiche Mausche wie sonst, und doch sah er anders aus.

»Wo ist der Esel?«

Mausche hob die Hände, als wäre es ihm lieber, die Frage nicht zu beantworten.

»Sie haben ihn doch nicht verkauft?«

Der feuchte, filzige Mantel Mausches war fast noch länger und schlottriger geworden. Niemand hatte ihm die fehlenden Knöpfe angenäht. Von Zeit zu Zeit blieb der Alte stehen. Er sprach kein Wort.

»Wie geht es der Tochter?« fragte Glombitza. Er fragte vielleicht nur, damit der Alte merken sollte, daß wir nichts vergessen hatten.

»Tot«, sagte Mausche. Er blickte uns groß an. »Hat nicht mehr wollen läbben, das Töchterche. Aber der Mausche, der muß. Der muß läbben.«

Er schüttelte verzweifelt den Kopf. Es war ja auch schwer zu verstehen, daß die junge Tochter sterben mußte, und der alte Mausche, der mußte leben.

Wir schoben das Wägelchen den Berg hinauf. Es ging ganz leicht für Mausche Grendel. Unterwegs hörten wir, daß er den Esel verkauft hatte, an einen Fabrikanten, der ihn den Kindern zu Weihnachten schenken wollte, damit sie darauf reiten könnten. Der Fabrikant war nach Mausches Beschreibung ein freundlicher Herr. Er hatte mehr als das Doppelte geboten, man kriegte ja nirgends Esel. Und dem Bileam ging es gut dort. Er konnte fressen, soviel er wollte. Und Mausche konnte die Begräbniskosten bezahlen. Ein paar Mark hatte er sogar übrig. Die kamen in die Reisekasse.

Wie? Hatte Mausche Grendel auch eine Reisekasse?

»Wollen Sie weg?« fragte Udo Voß.

Der Alte tat, als hätte er die Frage nicht gehört. Überhaupt hatte er, wie es uns vorkam, ein seltsames Wesen. Es war, als hätte er Angst, zu lächeln. Er schämte sich womöglich, weil er uns darum gebracht hatte, mit dem Esel auf der Bühne großzutun.

Kaum trauten wir uns, Herrn Fricke die Ankunft Mausche Grendels zu melden. Es ginge ihm nicht besonders, sagten wir. Er wolle den Handel aufstecken und verreisen.

»Soll er«, sagte Lehrer Fricke. »Soll bloß abhauen, der Mausche. Möglichst bald. Und weit weg. Am besten nach Bethlehem.«

Wir dachten, das wäre Spaß. Deshalb sagte Glombitza: »Aber er macht doch jedes Jahr die Reise nach Bethlehem! Zu uns, ins Dorf!«

Lehrer Fricke drehte sich wütend um. »Ich meine natürlich das richtige Bethlehem! Das, wohin die Mischpoke gehört!«

Nach dem Esel hatte er überhaupt nicht gefragt. Wir blickten auf seine Stiefel und schwiegen.

Mausche schlief, wie immer, in Ebeckes Scheune. Mausche machte jedoch keinen Besuch bei Ebeckes, wie er es sonst immer getan hatte. Er traute sich nicht. Am nächsten Tag gingen wir zu ihm, Glombitza und ich. Wir holten uns Wunderkerzen, Schnürsenkel und Gummiband. Doch Renate Schüddekopp sagte, ihre Mutter hätte es verboten.

»Bei Mausche kauft man nicht«, sagte sie.

Wir kamen uns fast so vor, als hätten wir gestohlen, zumal der Kaufmann grüne Zettel mit Sternen in die Häuser schickte, darauf stand, daß es immer noch Einwohner gäbe, die ihre Ehre um ein paar Pfennige verleugnen, und diejenigen, welche es täten, sollten hiermit gewarnt sein.

Bald war es soweit, daß Mausche allein vor seinem Wägelchen hockte. Von Tag zu Tag ließ er den Kopf tiefer hängen.

Ich stand hinter Ebeckes Scheune und beobachtete ihn. Er blickte die leere Dorfstraße hinauf. Er ging um das Wägelchen herum und stampfte mit den Stiefeln, die Füße zu wärmen. Es fing sanft zu schneien an. Mausche hauchte in die Hände. Manchmal blickte er zur Scheune hinüber. Er mochte sich daran erinnern, daß Bileam dort den Kopf zwischen den Balken hervorgestreckt hatte. Jetzt war nur gelbes Stroh zu sehen. Auf dem Dach saßen zwei Tauben, die strichen klatschend ab, als ein Schneeball von der Straße her durch die Luft sauste. Er traf Mausche Grendel vor die linke Brust, auf den Mantel. Es sah aus, als hätte Mausche sich dort einen Orden angesteckt. »Na, na«, sagte er kopfschüttelnd.

Da ging ich zu ihm und kaufte zwei Schachteln Engelshaar.

Er starrte mich furchtsam an, weil ich von hinten, von der Scheune her kam. Als ich gehen wollte, hielt er mich beim Rockärmel fest. »Wer hat geworfen? Weißt du?« Er deutete auf den Schneefleck am Mantel.

Ich wollte ihm nicht sagen, daß es Schöpke Herodes gewesen war, der jetzt am lautesten auf Mausche schimpfte, weil er den Esel nicht mitgebracht hatte. Auch sonst hatte er an Mausche allerlei auszusetzen. »Er will uns übers Ohr hauen«, sagte er. »Wir sind aber nicht so dumm und fallen darauf herein.«

»Willst einen Ring?« fragte Mausche.

Ich schüttelte den Kopf.

Mausche blickte mich argwöhnisch an. »Nimm schon«, sagte er. »E scheener Ring, sieh doch!«

Ich sah, wie Mausches Hand zitterte.

»Wollen Sie wirklich verreisen?« fragte ich.

Mausche nickte.

»Weit fort?«

Mausche blieb unbewegt.

Ich nahm den Ring, steckte ihn in die Tasche und fragte: »Nach Bethlehem?«

Mausche blickte mich von der Seite an. »Schwätz nicht«, sagte er barsch und schob, weil es stärker schneite, die Wagenplane über das Brett, auf dem er den Flitterkram zum Verkauf ausgelegt hatte. »Soviel Geld«, sagte er, »hat der Mausche nicht, daß er mecht kommen bis Bethlehem.«

»Und die Reisekasse?«

Mausche lächelte verlegen. »I, das mecht vielleicht reichen fier weniger. Die Reise zum Töchterche, weißt?«

Ich sagte, ich wollte außer Engelshaar auch Lametta haben. Mir war eingefallen, daß ich noch Geld in der Hosentasche hatte.

Mausche gab mir Lametta. Er zwinkerte wie in alten Zeiten. »Das schenkt dir der Mausche. Damit du wirst denken an ihn, wenn er wird sein unterwegs, auf der Reise. Willst du?«

Er hob die Schultern, daß der Kopf fast im Mantelkragen verschwand. Dann ließ er die Schultern wieder herabfallen und wendete sich ab.

»Heute abend«, sagte ich, um ihn aufzumuntern, »Sie kommen doch ins Gasthaus? Zuschauen?«

»Nein. Man wird nicht hereinlassen den alten Grendel.«

Ich verdrückte mich, weil ich glaubte, ich hätte Renate Schüddekopp auf der Straße gesehen.

»Wetten«, sagte Schöpke Herodes, abends, als es soweit war. Er zog sich gerade den roten Mantel an.

»Was – wetten?«

»Daß er sich nicht traut!«

Mausche Grendel kam aber doch. Wir linsten durch den Vorhang. Er stand wahrhaftig im Saal, seitlich, ins Dunkle gedrückt.

»Unverschämt«, sagte Schöpke Herodes.

Ich sah, wie Mausche das Taschentuch aus dem Mantel zog und die Stirn abwischte.

Der Saal war nicht so proppenvoll wie sonst. Man sah ein

paar Reihen leerer Stühle. Glombitza sagte: »Nur weil der Esel nicht da ist.«

Ich hatte mir inzwischen das Gesicht schwarz gemacht. Ich setzte die Krone auf, die ich aus dem Seifenkarton geschnitten hatte. Maria stand in ihrem blauen Mantel neben Udo Voß. Beide warteten auf Herrn Frickes Zeichen, damit sie sich auf die Reise machen könnten, diesmal zu Fuß.

Da hörte ich Schritte. Energische Stiefelschritte, dicht neben mir. Dann eine Stimme. Herr Fricke konnte manchmal so reden, wenn er uns runtermachte. Jetzt sagte er: »Wie ich erfahre, befindet sich jemand im Saal, der hier fehl am Platze ist.«

Es war eine Weile still. Dann hörte man einen leisen, schleppenden Schritt. Die Tür klappte. Und wir fingen an.

Als das Spiel zu Ende ging und wir alle vor der Krippe gekniet hatten, rannte ich aus dem Saal, so wie ich war, mit Ofenruß und Krone.

Ich kam zu Ebeckes Scheune. Wo Mausche Grendels Wagen gestanden hatte, war ein dunkler Fleck, den der Schnee mehr und mehr verdeckte. Eine Räderspur, gerade noch zu erkennen, führte zum Dorf hinaus.

Ich sah nichts als wirbelnde Flocken, doch ich glaubte zu sehen, wie Mausche sich gegen den Riemen stemmte, wie er den Wagen zog, Schritt für Schritt, wie er keuchte, wie er stehenblieb und sich ängstlich umblickte, als kämen die Marschstiefel hinter ihm her.

»Ein prächtiger König warst du«, sagte die Mutter, als ich heimkam.

Ich schwieg. Rasch ging ich in die Kammer, legte die Krone weg und wusch mir die Schwärze aus dem Gesicht.

Laß ihn kommen

Nehmen wir an, er ist unterwegs, er, den du
gemeint hast, Gott, wenn die Männer mit den
seltsamen Namen, mühsam gelernt in der
Konfirmandenstunde, sagten: Wunderbar Rat,
Kraft, Held, Ewig-Vater, Friedefürst, wenn sie
Bethlehem Ephrata! riefen und: Führwahr, er
trug unsre Krankheit, denn das zerstoßene Rohr,
er wird's nicht zerbrechen noch auslöschen den Docht;

gesetzt auch, wir wären gemeint, dieser unruhig
flackernde Stern von Belfast bis Addis Abeba,
wir, die vergeblichen Rechner, die reichen
Mülltonnenbesitzer, wir mit der Rückfallquote,
mit dem Terror der Drogen, mit Geiselnahmen,
mit versteckten Kazetts, mit entsicherten Minen,
wir, mit den Slums von Chikago, mit gepreßtem
Geschrei aus den Folterkellern, mit dem Gift in den
Flüssen, mit Karzinom, mit Hungerskeletten, mit dem
Achselzucken der UNO, Gott, das dir bekannt ist,
mit der Frage WARUM, mit der Finsternis über den
Ländern, auch in Göttingen, Gott, wo der Blinde
stündlich zur Tür lauscht, ihn, der da kommen
soll im Namen des Herrn, hereinzulassen,
ihn, nicht die Legende, nicht den rieselnden
Schnee, nicht die flittrige Tröstung, nein, ihn
selber, Gott, falls du das vorhast, falls er
von *dir* kommt, falls der Unterschlupf seiner
Geburt nicht allzu fern ist den Wellblechbaracken,
fern nicht dem Bett des Kranken, der die dunkelnden
Tage, die jetzigen, stumm abzählt im Kalender;

falls dies alles so ist, laß ihn kommen, mache ihn klein, damit er das Kleine nicht übersieht, mache ihn arm, ohne Obdach, setze ihn aus in die Kälte der Welt, Gott, halte ihn nicht in deinem Himmel zurück.

Die Puppe von drüben

Sie hockten in der Scheune, weil das Gasthaus voller Menschen war. Und die Scheune war auch voll. Und die Mutter sagte: »Jetzt wollen wir schlafen.« Da dachte Winni an ihre Puppe.

»Wo ist die Puppe?« sagte Winni.

Die Mutter sagte: »Das Stroh ist feucht. Wer weiß, wer da schon alles geschlafen hat.« Dann öffnete sie den Rucksack, holte die Thermosflasche heraus und gab Winni Tee zu trinken. »Der ist noch von drüben«, sagte sie, »von der Tischlersfrau.«

Die Mutter hatte Schatten unter den Augen. Die Backen waren schmaler als sonst. Und die Nase war ein Stück länger geworden. Winni erinnerte sich nicht, daß die Mutter jemals eine so lange und spitze Nase gehabt hatte.

Vorgestern waren sie zu Hause losgefahren, die Mutter sagte: nach Westen, und Winni wußte, das bedeutete: sie fahren zum Vater. Er hat einen Brief geschrieben, sie sollen kommen. Die Mutter hat den Rucksack vollgestopft, dann noch zwei Koffer. Sie hat gesagt, niemand soll es wissen, sonst dürfen wir nicht. Wir gehen nämlich schwarz, hat sie gesagt. Und Lehrer Schuster hat sich bestimmt gewundert, als Winni vorgestern nicht zur Schule kam. Da sind sie ganz früh aufgestanden, es war dunkel, sie haben Licht gemacht. Die Mutter hat die Tür leise geöffnet, draußen hat es geregnet. Und als sie im Zug saßen, hat die Mutter gesagt: Hoffentlich läßt der Russe uns durch. Dann haben sie den Bollerwagen über die Straße gezogen. Über eine lange, holprige Straße. Dann durch den Wald, durch ein Dorf, wieder durch einen Wald. Das ging schwer, und die Mutter hat Angst gehabt vor dem Russen. Zuletzt waren sie bei der Tischlersfrau, das war gestern. Die hat ihnen Suppe gegeben und Tee in die Thermosflasche und hat gesagt, wenn sie Schnaps haben, wird der Russe sie durchlassen. Und als sie beim Russen durch waren, hat es geschneit.

»Wo ist die Puppe?« sagte Winni.

Die Mutter gähnte.

»Vielleicht bei der Tischlersfrau?«

»Kann sein«, sagte die Mutter und gähnte. Sie sagte zu der dicken Frau, die Hosen anhatte und Schaftstiefel und die gerade ein Stück Wurst aß, zu der sagte sie: »Kaum zu glauben, daß morgen Heiligabend ist.«

Winni stakelte zwischen den Gepäckstücken durch. Doch da lagen überall Menschen. »Sieh dich vor, kleine Kröte«, sagte ein Mann, der einen Wollschal um den Kopf gewickelt hatte. Und eine Frau, die im Stroh saß und sich kämmte, rief: »So eine Finsternis!« Ganz hinten, wo der Pferdestall war, hörte man Stampfen. Ein Kind schrie. Es hatte eine dünne, piepsige Stimme.

»Na«, sagte der Mann, der das Tor schließen wollte, «'rein oder 'raus?«

Winni sagte: »Ich will 'raus. Ich komme gleich wieder.«

Der Hof war weiß von Schnee. Nur in der Ecke, wo der Leiterwagen stand, sah man schwarze Pfützen. Der Hund bellte. Er hatte einen Schuß gehört, das machte ihn unruhig.

Winni öffnete die Haustür. Es schneite. Winni wußte nicht, ob sie losrennen sollte. Sie blickte sich um. Dann rannte sie zwischen den Häusern durch. Dann kamen Gartenzäune. Die waren am Nachmittag schwarz gewesen, jetzt waren sie weiß. Und hinter den Gartenzäunen standen Bäume, einer hinter dem anderen.

»Nanu«, sagte plötzlich eine Stimme, dicht neben Winni, »was will das Gör da? Doch nicht zum Russen?«

»Die Puppe holen«, sagte Winni. Sie hatte zuerst gedacht, es wäre ein Mann. Jetzt merkte sie, daß es eine Frau war.

»Gehen Sie auch zum Russen?« fragte Winni.

»Na klar«, sagte die Stimme.

Winni war jetzt ganz sicher, daß es eine Frau war. Sie hatte eine Haarsträhne auf der Stirn. Und einen Mund mit dicken Lippen. Sie roch auch nach Frau.

»Was wollen Sie beim Russen?« fragte Winni.

Die Frau hustete.

»Sind Sie erkältet?«

»Ja, mein Schatz.«

»Haben Sie keinen Mann?«

»Ich weiß nicht, ob ich noch einen habe«, sagte die Frau.

»Mein Vater war im Krieg«, sagte Winni. »Dann im Lazarett. Und jetzt ist er im Westen.«

»So, so. Und deine Mutter?«

»Die ist in der Scheune.«

»Und die Puppe?«

»Bei der Tischlersfrau.«

»Wer ist das?«

»Sie wohnt drüben. Da waren wir. Gestern.«

Die Frau hustete wieder. Im gleichen Augenblick griff sie erschrocken nach Winnis Hand.

»Sie schießen«, sagte Winni. »Weshalb schießen sie?«

»Weil es ihnen Spaß macht. Besonders dem einen. Dem Gregorij.«

»Gehen Sie zu dem?«

»Nein. Zum anderen. Der heißt Fjodor.«

»Wollen Sie ihm was bringen?«

Die Frau lachte. Jedesmal, wenn sie lachte, mußte sie husten.

»Sind Sie krank?« fragte Winni.

Die Frau blieb stehen. »Wir müssen gleich da sein«, sagte sie.

Das Schneien hatte fast aufgehört. Man sah eine Lampe, die an einem Telegraphenpfahl befestigt war. Darunter den

Schlagbaum. Außerdem gab es dort noch eine Bretterbude, damit die Russen sich unterstellen konnten.

»Paß mal auf, du Gör«, sagte die Frau. »Willst du wirklich nach drüben?«

Winni nickte.

»Wie stellst du dir das vor? Hast du Schnaps?«

»Nein«, sagte Winni.

»Oder Spitschki? Streichhölzer? Oder eine Armbanduhr? Nichts? Wie willst du dann durchkommen?«

»Wir sind gestern auch durchgekommen«, sagte Winni.

Die Frau brannte eine Zigarette an. »War deine Mutter mit ihnen in der Bude? Nein?«

Die Frau sog an der Zigarette. Ihr Gesicht wurde gelb. »Tja, was machen wir da, mein Engel?«

»Ich bin kein Engel«, sagte Winni.

Die Frau paffte und paffte. »Ist die Puppe denn so schön?«

»Ja«, sagte Winni.

Die Frau warf die Zigarette in den Schnee. Dann sagte sie: »Hör mal zu. Wir gehen jetzt noch ein Stück 'ran. Dort stellst du dich hinter den Baum. Ich werde mit den Russen sprechen. Ich kenne sie nämlich. Weil ich hier auf jemanden warte, verstehst du? Ich werde sagen, es ist kalt, wir wollen in die Bude gehen. Sie gehen sofort in die Bude, wenn ich das sage.«

»Und ich?« fragte Winni.

»Du bleibst hinter dem Baum. Und dann rennst du. Du kannst doch rennen?«

»Ja«, sagte Winni.

»Aber erst, wenn wir in der Bude sind.«

»Ja«, sagte Winni.

»Halt. Noch eins. Du kommst rasch zurück, verstanden?«

»Ja«, sagte Winni.

»Gut.«

Die Frau ging voraus. Winni hörte, wie der Russe am

Schlagbaum etwas rief. Dann rief die Frau. Die Frau gab den beiden Russen die Hand. Alle drei lachten. Dann legte der Große den Arm um die Schulter der Frau. Sie gingen alle drei in die Bude. Winni hörte, wie die Tür der Bude zuschlug. Sie blickte sich um. Niemand war zu sehen. Nur die Straße. Der Schnee. Und die Lampe, die das Licht auf den Schlagbaum warf.

Winni rannte. Sie konnte gut rennen. Sie war die Beste in der Klasse. Lehrer Schuster hatte gesagt: Winni, du kriegst bestimmt mal die Goldmedaille. Aber jetzt wollte sie keine Goldmedaille. Sie rannte unter dem Schlagbaum durch. Dann rannte sie drüben die Straße hinunter. Dann kamen die ersten Häuser. Dann eine große dunkle Scheune. Dann Licht in den Fenstern.

Und da waren auch die drei Bäume im Garten des Tischlers, die wie Weihnachtsbäume aussahen. Links war das Wohnhaus, rechts die Tischlerei. Winni konnte den Kopf des Tischlers durchs Fenster sehen. Er bückte sich und hobelte. Als Winni eintrat, drehte er sich um.

»Ich will die Puppe holen«, sagte Winni.

»Die Puppe? Warst du denn schon mal hier?«

»Gestern«, sagte Winni. »Die Puppe wird im Fensterbrett sitzen. In der Küche.«

Der Tischler prüfte mit dem Daumen das Holz. Er war immer noch traurig. Weil ihm ein Kind gestorben war. Und die Tischlersfrau hatte jedesmal geseufzt, wenn sie Winni ansah. Und sie hatte ihr ein Foto gezeigt. Darauf war ein Mädchen mit Zöpfen, das hatte einen Ranzen auf dem Rükken und eine Zuckertüte im Arm. Neben den Füßen war eine Schreibtafel, darauf stand: Mein erster Schultag.

»Ich geh rasch mal 'rüber«, sagte Winni. Sie tappte durch den dunklen Hausflur.

»Ist da jemand?« rief es aus der Küche.

»Ich bin es«, sagte Winni.

Die Küchentür öffnete sich. Die Frau hatte das schwarze Kleid an, wie gestern. Und die schwarze Schürze.

»Dich kenne ich«, sagte die Frau. »Du heißt Winni?«

Winni nickte.

»Haben sie euch nicht durchgelassen?«

»Doch. Ich will die Puppe holen. Ich habe sie vergessen. Vielleicht sitzt sie im Fensterbrett.«

Die Tischlersfrau überlegte. »Komm herein«, sagte sie. »Wir wollen nachsehen.«

Aber die Puppe war nicht im Fensterbrett.

»Vielleicht in der Kammer, wo wir geschlafen haben«, sagte Winni.

Die Frau ging mit Winni über den Flur. In der Kammer war ein Mann, der hatte graue Bartstoppeln. Er lag auf dem Bett. Außerdem waren zwei Frauen in der Kammer, eine junge und eine alte. Die alte schnitt Brot. Die junge goß Kaffee aus einem Topf in eine Flasche.

»Wo ist die Puppe?« sagte Winni.

»Puppe?« wiederholte die Alte.

Winni warf einen Blick zum Bett, wo der Mann lag und schnarchte. Die Strümpfe hatten Löcher, da guckten die Zehen durch.

»Wir haben keine Puppe«, sagte die Alte.

Winni wollte unter das Bett gucken, doch die Tischlersfrau sagte: »Das hat keinen Zweck. Komm nur.«

Als sie wieder in der Küche waren, sagte die Tischlersfrau: »Weine nicht. Sicher gibt es drüben viel schönere Puppen.«

Sie strich Winni über das Haar. Dann seufzte sie. Dann ging sie hinaus.

Winni hörte, wie sie die Treppe hinaufging. Sie blieb eine Weile fort. Die Säge in der Werkstatt kreischte.

»Sieh mal«, sagte die Tischlersfrau, als sie wieder hereinkam.

»Das ist nicht meine Puppe«, sagte Winni.

»Aber du kannst sie haben«, sagte die Tischlersfrau.

»Nein. Sie ist ganz anders.«

Die Tischlersfrau lächelte.

»Auf den Arm nehmen darfst du sie schon. Na, ist sie nicht hübsch?«

»Ja«, sagte Winni. »Wie heißt sie?«

»Marlene, wie unsere Tochter. Wart, ich werde dir eine Pappschachtel holen.«

Die Tischlersfrau ging hinaus.

Es wird immer dunkler, dachte Winni, ich muß weg. Ich brauche keine Pappschachtel.

Sie rannte durch den Flur, sie öffnete die Haustür und drückte sie leise wieder ins Schloß. Es tat ihr leid, daß sie nicht »Vielen Dank« gesagt hatte. Aber jetzt war sie schon draußen. Sie rannte die Straße entlang, und je näher sie dem Schlagbaum kam, um so schneller rannte sie.

Plötzlich blieb sie stehen. Der Schlagbaum versperrte die Straße. Und da hatte auch jemand gerufen. Eine laute, scharfe Stimme: »Zurick! Zurick, Kind!«

»Ich will zu meiner Mutter«, sagte Winni.

»Nix Mutter!« Der Russe fuchtelte mit dem Gewehr. Es ist der kleine Schwarze, der gern schießt, dachte Winni. Der Große stand bei der Bude und blickte gleichmütig herüber. Wo ist die Frau, dachte Winni. Warum spricht sie nicht mit den Russen?

»Du riechst nach Schnaps«, sagte Winni.

Der Kleine kicherte. »Schnaps, gutt, gutt!« Er streckte die Hand aus, er riß die Puppe weg, blitzschnell. Er lachte, er streichelte die Puppe. Dann setzte er sie auf den Schlagbaum, ein Bein hüben, ein Bein drüben.

»Das ist meine Puppe«, sagte Winni. Sie sah, wie der Kleine ein paar Schritte zurückging und das Gewehr an die Backe hob.

»Fjodor!« rief Winni.

Der Große bewegte erstaunt den Kopf. »Schto äto?« sagte er. Im gleichen Augenblick krachte ein Schuß. Die Puppe zuckte. Dann rutschte sie vom Schlagbaum herunter.

»Fjodor!« rief Winni voller Angst.

Der Große konnte es noch immer nicht glauben, daß jemand seinen Namen rief. Er kam langsam näher. Dabei schlug er die Fäuste, die in dicken Handschuhen steckten, gegeneinander. Plötzlich packte er den Kleinen bei der Schulter und warf ihn mit einem Ruck in den Schnee.

Winni hätte fast gelacht, wenn sie nicht Angst gehabt hätte. Es sah zu komisch aus, wie der Kleine hintenüberpurzelte.

Der Große hielt die Puppe in der Hand.

»Ist sie auch nicht kaputt?« sagte Winni.

»Nix kaputt«, der Große beugte sich herab. »Ich Fjodor. Und du?«

Winni sagte ihren Namen.

»Wo Mutter?« fragte der Große mit seiner tiefen Stimme.

Winni zeigte in die Dunkelheit.

»Dawai«, sagte der Große, »du gehen. Los.« Er machte mit der Faust eine Bewegung, als wollte er etwas in die Luft werfen.

»Ich renne«, sagte Winni.

Als sie unter dem Schlagbaum durch war, drehte sie sich noch einmal um. Da stand der Große, der Fjodor, und schlug die Fäuste gegeneinander.

Dann rannte Winni. Sie war ganz allein auf der Straße. Erst kurz vorm Dorf sah sie neben dem Baum eine dunkle Gestalt.

»Da bist du ja, du Gör!« Winni kannte die Stimme. »Ich dachte, du wärest längst daheim. Hat der Kleine nach dir geschossen?«

»Nein. Nach der Puppe«, sagte Winni.

»Tut nichts. Hauptsache, du hast sie wieder.«

»Es ist nicht meine Puppe«, sagte Winni.

»Puppe ist Puppe«, sagte die Stimme.

Winni sah, wie die Frau eine Zigarette aus der Manteltasche zog.

»Und Ihr Mann?« fragte Winni. »Wann kommt er?«

»Weiß nicht«, sagte die Frau.

Winni überlegte. Sie hätte der Frau gern etwas gesagt, damit sie sich freut. »Er kommt«, sagte sie, »bestimmt kommt er.«

Die Frau paffte. Es fing wieder an zu schneien.

»War es warm in der Bude?« fragte Winni.

»Hau ab«, sagte die Frau. Sie war plötzlich böse. »Mach, daß du zu deiner Mutter kommst.«

»Ich renne«, sagte Winni.

Sie rannte an den Bäumen entlang. Dann an den Gartenzäunen. An der Mauer. An der dunklen Scheune. An den Häusern, die erleuchtete Fenster hatten.

Winni hielt die Puppe fest im Arm. Winni rannte. Lehrer Schuster hätte sich darüber gefreut, wie gut Winni jetzt rennen konnte.

Notizen beim Schreiben der Weihnachtspredigt

FÜRCHTET EUCH NICHT, wieso, wir fürchten
sehr vieles, wir haben Grund, sehr vieles
zu fürchten, Krebs, Hunger, Kälte, den
Tod durch Atom, am meisten uns selbst,
die Welt, wie sie ist, den Krieg, den nie
geschlossenen Frieden, das Messer in den
Leibern der Kinder, die Zeitung, ja, wir
fürchten sie, fürchten sie aufzuschlagen,
DENN SIEHE, ICH VERKÜNDIGE EUCH GROSSE
FREUDE, verkündigen, ach, was ist uns
alles verkündigt worden, Kaisers
Geburtstag, Gott strafe England, Republik,
Demokratie, Führer befiehl, Tag X,
wieder Demokratie, Nato, keine
Experimente, Sicherheit, Wohlstand,
konzertierte Aktion, Barrikaden,
wann aber Freude, DIE ALLEN VÖLKERN
WIDERFAHREN WIRD, auch den schwarzen, den
roten und gelben, den Sklavenvölkern
in Slums, im KZ, hinter Stacheldraht,
auch uns im zweimal geteilten Deutschland,
in Göttingen, mitten im Weihnachtsrummel
bei Bratwürsten, Lametta, Glühlichterglanz,
was soll das alles, DENN EUCH IST HEUTE
DER HEILAND GEBOREN, Heiland, versteh
nicht, nein, hier wird keiner geheilt zwischen
Da Nang und Biafra, keiner geheilt
von sich selbst, Abel steht nicht wieder auf,
»unheilbar« hören wir alle zuletzt,

da hilft kein Rezept, wie hülfe uns dieses,
WELCHER IST CHRISTUS, DER HERR, IN DER
STADT DAVIDS, *der* Herr, nicht einer von vielen,
nicht Stalin, Hitler, nicht Mao Tsetung,
nicht Dollar, nicht Deutsche Mark, nicht Investment,
nicht die Herren der Massenmedien, nein,
der Herr, *der* Christus, großartiger Name,
Arzt, Retter, König, wer mißtraute da nicht
und wer ließe, dies hörend, nicht gern den
Argwohn und ließe sich retten, UND DIES
HABT ZUM ZEICHEN, Alarmzeichen, Sendezeichen,
Zeichen der Zeit, Notzeichen, Wasserzeichen,
Feuerzeichen, Morsezeichen, Zeichen über
Zeichen, doch, Engel, welches denn hier, IHR
WERDET FINDEN DAS KIND, IN WINDELN
GEWICKELT UND IN EINER KRIPPE LIEGEN,
wie, in der Krippe, soll das heißen: im
Stall, bei Ochs und Esel, Ratte und Maus,
in der Kälte, im Dreck, in der Dunkelheit,
auf der Flucht, in Armut, erniedrigt und
ausgestoßen, im letzten Winkel der
Welt – – sehr unwahrscheinlich, Engel, warum,
so frag ich, hast du nicht andere
Auskunft, warum so bezweifelbar alles,
warum so unmöglich, sollen wir, Engel,
erschrecken, weil nur Erschrockne die
Ohren auftun, von der Stimme getroffen,
erschrocken prüfen den Zweifel, erschrocken
das Unwahrscheinliche, oder hat Gott selber,
Engel, so frag ich, das Unmögliche
möglich gemacht, sagst du deshalb:
Freude, und deshalb: Fürchtet euch nicht!?

Der Brief

»So was gibt's«, sagte Lotzke, der nicht mal richtiger Briefträger war, nur Aushilfe. Er unterbrach das Sortieren und betrachtete den gelblichen, zerknitterten Umschlag. »Weg damit, was?«

Wißler schielte über die Brille.

»Außerdem unfrankiert«, sagte Lotzke und reichte den Brief herüber.

Wißler schob die Brille nach vorn. Er drehte den Brief, las die Aufschrift, lächelte.

»Na, und?« fragte Lotzke.

»Befördern«, sagte Wißler.

»Befördern? Sie sind putzig!«

Wißler zog ein großes, blaukariertes Taschentuch heraus. Er hatte Schnupfen, er hustete, und die Grotjahn hatte aus dem Fenster gerufen, er solle lieber daheim bleiben, aber was wußte die Grotjahn schon davon, was Schnupfen ist und was Dienst.

»Komische Adresse«, sagte Lotzke kopfschüttelnd.

Wißler war davon überzeugt, daß er den Schnupfen nicht gekriegt hätte, wäre er im Außendienst geblieben. Als Briefträger kriegt man keinen Schnupfen. Aber hier, in der Sortierstube, überheizt ist sie, dann geht die Tür auf, oder man muß zwischendurch auf den Hof, das Auto ausladen. Nee, Wißler wird wieder Außendienst machen, das stand fest.

Wißler sah gerade, wie Lotzke den Brief in den Drahtkorb schmiß. »Gib her«, sagte er scharf.

Lotzke bückte sich, fischte den Brief, der jetzt noch mehr zerknittert war, aus dem Abfall und warf ihn auf Wißlers Stapel. »Quatsch so was«, knurrte er. »Möchte bloß wissen, wer das geschrieben hat.«

Wißler glättete den Brief zwischen den Fingern und steckte

ihn in die Tasche. Dann ging er langsam die Treppe hinauf; er keuchte. Oben, vor der Tür des Vorstehers, nahm er die Mütze ab. Malinowski saß am Tisch und frühstückte.

»Was kaputt, Wißler?«

»Nee, nur der Schnupfen, wissen Sie –«

»Na ja, wir haben alle mal Schnupfen. Dafür ist Winter. Da kommt so was vor.«

»Bei mir nicht, Vorsteher. Ich habe in zwanzig Wintern nie Schnupfen gehabt. Auch keinen Husten.«

»Da wird es ja Zeit. Jünger sind Sie schließlich nicht geworden. Oder paßt Tante Grotjahn nicht genug auf?«

«Frau Grotjahn? Was sollte die denn –?«

Der Vorsteher schnitt ein Stück Wurst ab. »Spaß natürlich, Wißler! Spaß muß sein! Na ja«, er wischte sich über die Lippen. »Soviel ich weiß, hat die Grotjahn den Mann verloren?«

»Vor zwei Monaten«, sagte Wißler.

»Keine Enkelkinder?«

»Das schon. Aber alle außerhalb.«

Der Vorsteher stocherte zwischen den Zähnen. »Sie wohnen nebenan?«

»Ja«, sagte Wißler.

»Und Ihre Frau ist doch auch –«

Wißler nickte.

»Na, da könnte die alte Grotjahn doch mal bei Ihnen 'reinsehn. Ich meine nur so. Oder haben Sie jemanden?«

»Nein«, sagte Wißler.

»Wer kocht denn?«

»Ich selber«, sagte Wißler.

»Und die Wäsche? Und einholen vom Kaufmann? Und heizen?«

»Ich habe mich dran gewöhnt«, sagte Wißler.

Der Vorsteher betrachtete sein Taschenmesser. »Weshalb kommen Sie eigentlich?«

Wißler druckste.

»Was ist?«

»Ich möchte wieder in den Außendienst, Herr Vorsteher.«

»Was? Briefe 'rumtragen? Bei dem Sauwetter? Sie wollen wohl endgültig in die Kiste? So kurz vor Weihnachten?«

Wißler blickte auf seine Mütze. »Solange ich im Außendienst war, habe ich mich nie erkältet. Es war auch schöner. So draußen herum. Von Haus zu Haus. Man kommt mehr unter Menschen.«

»Ihr Ernst, Wißler?«

Der Angeredete nickte.

»Mag sein. Wollen sehn, was sich machen läßt. Noch was?«

Wißler griff in die Rocktasche.

Der Vorsteher knüllte das Frühstückspapier in der Faust zusammen und setzte die Brille auf. »Unbestellbar?« fragte er, den Brief musternd. Gleich darauf lachte er. »Tja, wenn *der* man hier wohnte!«

»Vielleicht wohnt er hier«, sagte Wißler.

Der Vorsteher starrte den Alten verdutzt an. Schlecht rasiert, dachte er. Verdammt blaß. Der war früher ganz anders. Mehr auf Draht.

»Wohnt hier, sagen Sie? Erst mal den Absender ermitteln.«

Der Vorsteher schnitt den Umschlag auf, zog den Brief heraus und faltete das Blatt auseinander. »Ein alter Frachtbrief«, sagte er enttäuscht.

»Drehen Sie mal um«, meinte Wißler.

Richtig, die Rückseite war mit Bleistift beschrieben. Schiefe Buchstaben. Krakelige Schrift.

»Können Sie das lesen?« fragte der Vorsteher, nachdem er eine Weile buchstabiert hatte. »Ist ja alles klein geschrieben!«

Wißler schob die Brille vor und las. Halblaut las er, während der Vorsteher die Streichholzschachtel auf- und zuschob: »– lieber gott alle kinder haben eine großmutter nur wir nicht bitte lieber gott wir wünschen uns eine großmutter sie muß geschichten lesen und kuchen backen und stricken eine richtige großmutter die kinder aus der baracke –«

»Kurios!« lachte der Vorsteher. »Wozu die Post alles gut ist! Zeigen Sie mal her – sie muß kuchen backen – na klar, und stricken – und da soll nun der liebe Gott –«

»Ja«, sagte Wißler.

Der Vorsteher griff wieder nach der Streichholzschachtel. »Hatten wir nicht vor Jahren schon so was? Warten Sie mal. Ja, ich entsinne mich. Damals haben wir die Sache weitergeleitet. Ich glaube, an die Kreisverwaltung. Nee, an die Mission. Ist ja auch egal. Kennen Sie die Baracke? Sieht es da wirklich so schlimm aus? Wieviel Kinder sind das denn?«

»Vier«, sagte Wißler.

»Und die Mutter?«

»Tot. Der Vater ist Müllkutscher.«

»Aha. Und da sind die Bälger den ganzen Tag –«

»Genau so«, sagte Wißler.

Der Vorsteher wendete sich ab. »Gut. Ich werde den Brief weiterleiten. In Ordnung, Wißler. Und über den Außendienst sprechen wir noch. Wie alt sind Sie eigentlich?«

»Dreiundsechzig.«

»Hm«, der Vorsteher zog die Uhr aus der Tasche. »Ich habe zu tun, Wißler.«

Der Alte räusperte sich. »Geben Sie mir den Brief.«

»Wieso? Was wollen Sie damit?«

»Befördern.«

Der Vorsteher lachte. »Sie sind der geborene Briefträger, das muß man schon sagen! Da, haben Sie den Wisch. Meinetwegen. Machen Sie damit, was Sie wollen! Vielleicht finden Sie ihn, den Adressaten! Außerdem, überlegen Sie mal, Wißler. Die alte Grotjahn, die sollten Sie sich warmhalten. Bestimmt, Wißler. Wo sie doch neben Ihnen wohnt – na, nichts für ungut, Wißler –«

Im Hinausgehen faltete Wißler das Papier zusammen und steckte es zurück in das Kuvert. Kein schlechter Vorschlag, dachte er. Die alte Grotjahn. Sauber ist sie und tüchtig. Noch gut auf den Beinen. Und allein ist sie auch.

Wißler nickte befriedigt, als er nach Dienstschluß nach Hause ging, das heißt, er ging nicht gleich nach Hause, er ging ein Haus weiter. Dort blickte er sich um, ob ihn auch niemand sähe. Dann klingelte er.

Die alte Grotjahn öffnete nicht gleich. Endlich hörte Wißler sie durch den Flur kommen. Sie hatte die Ärmel hochgekrempelt. Ihr Gesicht glänzte. »Na, was ist? Was willst du? Ich bin beim Backen, das siehst du doch!«

»Hast du einen Augenblick Zeit?« fragte Wißler.

»Nee, nee, erst muß der Kuchen in die Röhre. Aber du hustest ja. Du machst doch nicht wieder Außendienst?«

»Nein, nur heute. Und ich muß dich gleich sprechen.«

»Was Wichtiges?«

»Ich habe einen Brief für dich«, sagte Wißler.

»Für mich? Wer soll mir denn schreiben? Die Enkel doch nicht?«

»So was Ähnliches«, sagte Wißler.

Die alte Grotjahn legte die Stirn in Falten. Sie wußte nicht, was sie von Wißlers Andeutung halten sollte.

Der sagte: »Na hör mal. Willst du mich noch länger hier draußen –«

»Nee, nee, komm nur ’rein, rasch.«

Wißler holte den Brief aus der Tasche. Und während die alte Grotjahn die Tür weit öffnete, lächelte er. »Man muß nur die richtige Adresse finden«, dachte er und klopfte den Schnee von den Füßen.

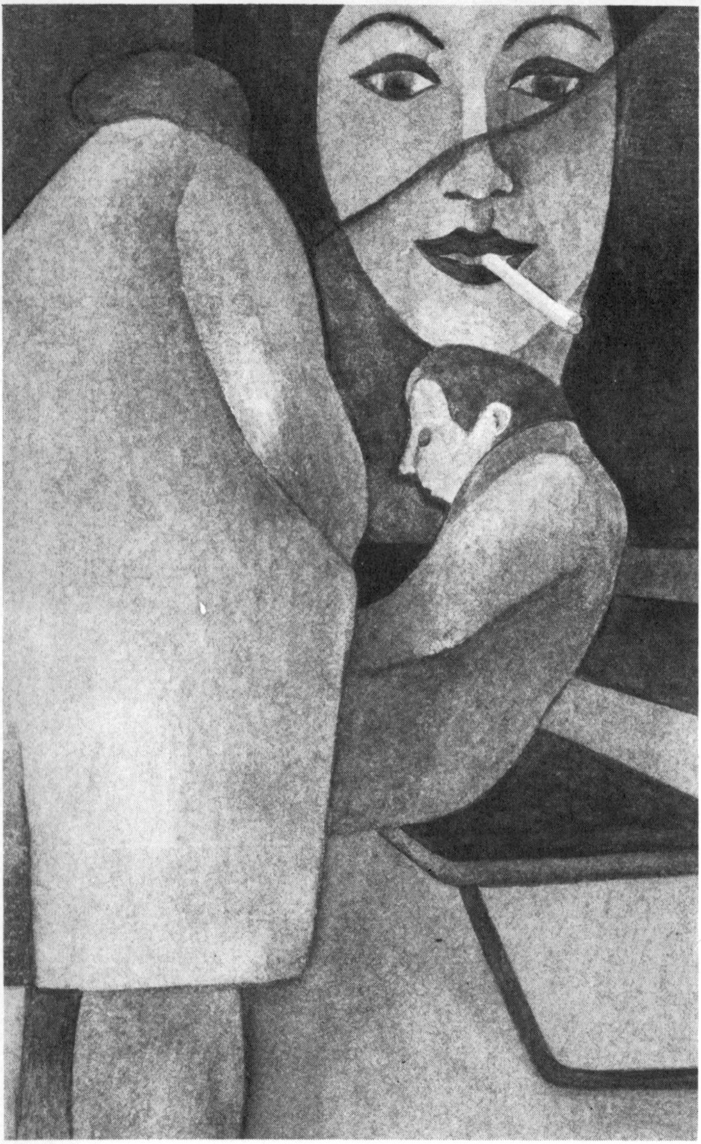

Es klopft

Die Erde ist kalt, Schnee liegt im Tann,
doch manchmal klopft es bei dir an.

Der Wege sind viele, die Spuren verweht,
doch immer ist einer, der draußen steht.

Und du? Hast du die Ohren verstopft?
Hörst du nicht, wie es klopft und klopft?

Draußen steht einer in Kälte und Nacht.
Warum hast du ihm nicht aufgemacht?

Ein Dorf namens Knast

»Wo ist Papa?« fragt Sven.

Die Mama antwortet nicht. Sie steht am Fenster und blickt auf die Felder hinaus. Das tut sie jetzt oft. Steht am Fenster, ohne ein Wort zu sagen. Manchmal sieht es aus, als ob die Mama weint.

Sven kann das nicht begreifen. So kurz vor Heiligabend weint man doch nicht. Sven hat einen Adventskalender, da macht er jeden Morgen eine Tür auf. Noch fünf Türen, dann ist es soweit.

»Papa«, sagt Svens Schwester, »ist beim Weihnachtsmann, das weißt du doch.« Svens Schwester heißt Mara und ist vier Jahre alt.

»Was tut er dort?« fragt Sven.

»Dem Weihnachtsmann helfen«, antwortet Mara.

Na gut. Trotzdem wäre es Zeit, daß Papa heimkommt. Er weiß bestimmt, weshalb die Mama weint. Und weshalb sie sagt: »Weihnachten fällt dies Jahr aus. Ihr braucht euch gar nichts zu wünschen, Kinder.«

»Auch einen Christbaum nicht?«

»Nein, den auch nicht.«

Sven überlegt, ob man Papa nicht sagen sollte, daß die Mama auf ihn wartet. Und daß sie nichts von Weihnachten wissen will. Womöglich hätte Papa, auch wenn er arbeitslos ist, zu Hause bleiben sollen, statt dem Weihnachtsmann zu helfen.

»Was meinst du«, sagt Sven leise zu seiner Schwester, »ob wir Papa holen?«

Mara nickt. Dann kommen ihr Zweifel. »Weißt du denn, wo der Weihnachtsmann wohnt?«

Sven weiß das nicht, obwohl er nächstes Jahr in die Schule

gehen wird. Er fragt die Mama: »Wo wohnt der Weihnachtsmann?«

Die Mama zieht den Mantel an, sie will einkaufen. Früher hat sie die Kinder stets mitgenommen. Jetzt sagt sie: »Ihr bleibt zu Hause. Die Leute sollen euch nicht angaffen, als hättet ihr eine ansteckende Krankheit.«

Sven weiß nicht, was er davon halten soll. Und weshalb setzt die Mama eine dunkle Brille auf? Fast könnte man darüber lachen. Die Mama sieht, wenn sie die Brille aufhat, einer Eule ähnlich. Und sie hat ein ebenso griesgrämiges Gesicht.

»Wo wohnt der Weihnachtsmann?« fragt Sven.

Die Mama zieht Handschuhe an und nimmt die Einkaufstasche. »Wo der Weihnachtsmann wohnt? Weshalb willst du das wissen?«

»Nur so«, sagt Sven.

Die Mama schluckt. »Er wohnt in einem Dorf«, sagt sie, »das ich nicht genau kenne.«

»Warst du noch nie dort?«

»Nein. Ich will auch nicht hin.«

»Wie heißt das Dorf?« fragt Sven.

Die Mama sagt: »Das Dorf heißt Knast.«

Mara lacht: »Ein komischer Name.«

»Ja, komisch«, sagt die Mama und geht zur Tür.

Sven blickt zum Fenster hinaus. »Wie weit ist das? Kann man da hingehen?«

»Nicht weit. Trotzdem ist es weiter, als man denkt.«

»Das macht nichts«, sagt Sven.

»O doch«, antwortet die Mama, »das macht sehr viel. Aber das verstehst du nicht, Sven. Das erkläre ich dir später.« Sie bückt sich, gibt dem Jungen einen Kuß und zieht die Tür hinter sich zu.

»Hast du gehört?« sagt Mara nach einer Weile. »Man kann hingehen.«

Sven ist da nicht sicher. Die Mama hat gesagt, es ist weiter, als man denkt. Und von diesem komischen Dorf hat Sven nie etwas gehört. »Wie heißt es doch?«

»Knast«, sagt Mara. Sie zieht den dicken Mantel aus dem Schrank. »Wollen wir?«

Sven zögert. Doch plötzlich sieht er den Papa vor sich, wie er eine Holzeisenbahn mit Farbe bemalt. Er hat eine grüne Schürze vor, wie stets, wenn er im Keller an der Drehbank arbeitet. Er ist Tischler von Beruf und war bis vor kurzem in der Möbelfabrik Henkel & Co. beschäftigt. Solche Leute, denkt Sven, kann der Weihnachtsmann brauchen. Aber wir brauchen den Papa auch.

Sven geht zur Kommode, steckt das Sparschwein ein und setzt die Wollmütze auf. »Los«, sagt er, »ehe die Mama zurückkommt.«

Draußen ist es kalt. Ein Schwarm Krähen fliegt über die Siedlung, die aus einstöckigen Häusern besteht und die von den Leuten die Vogelsiedlung genannt wird.

»Du kannst doch laufen?« fragt Sven die Schwester.

O ja, Mara kann laufen. Sie hat allerdings Hausschuhe an.

»Macht nichts«, sagt Sven, »die Pfützen sind alle zugefroren.«

Sie gehen auf dem Birkenweg, neben dem Fluß. Manchmal fliegen Enten auf. Oder eine Elster. Dann kommen die Schrebergärten, in denen kleine, gelb oder grün gestrichene Hütten stehen, mit Bänken und Regentonnen davor.

Als sie den Schützenplatz überqueren, fängt es an zu schneien. Winzigkleine Flocken, die der Wind schräg über den Rasen treibt.

Sven bleibt stehen und lauscht.

»Ein Karussell!« sagt Mara. »Haben sie in Knast ein Karussell?«

»Nein, das ist der Weihnachtsmarkt. Da sind wir im vorigen Jahr gewesen.«

»Weshalb dies Jahr nicht?«

»Keine Ahnung«, sagt Sven. Das ist ein Wort, das er vom Papa gehört hat. Zum Beispiel, wenn Sven fragt: Weshalb ist der Schnee weiß und nicht grün? Keine Ahnung, sagt der Papa. Und wie lange bist du noch arbeitslos? Keine Ahnung, sagt er.

»Wollen wir zum Weihnachtsmarkt?« fragt Mara.

»Nein, zuerst nach Knast.«

»Ist das noch weit?«

»Keine Ahnung«, sagt Sven. Er blickt sich im Schneegestöber um. Der Weg ist kaum noch zu erkennen. Der Zaun ist fort, die Bäume sind fort, der Flockenfall wird stärker.

Mara starrt auf ihre dünnen Hausschuhe. »Du mußt mal jemanden fragen. Vielleicht einen Radfahrer.« Doch nirgends ist ein Radfahrer zu sehen.

Ängstlich ist Sven nicht. Aber vielleicht hätte er Mara nicht mitnehmen sollen. Sie bleibt stehen und sagt, die Füße tun ihr weh. »Fang bloß nicht an zu flennen«, sagt Sven.

Manchmal huscht der Lichtstrahl eines Autos an ihnen vorüber. Maras Wollmütze ist weiß. Mara kann kaum atmen, so faucht der Wind gegen sie an.

»Wart nur«, sagt Sven, »wenn ich erst zaubern kann. Dann zaubere ich uns einen Schlitten, mit zwei schwarzen Pferden davor.«

Mara weiß, daß Sven sich zu Weihnachten einen Zauberstab wünscht. Mara wünscht sich einen Vogel. Einen Wellensittich oder einen Stieglitz. Weil sie doch in der Vogelsiedlung wohnen. Es gibt dort eine Sperlingsgasse, einen Lerchen- und einen Amselweg. Das ist lustig, hat die Mama gesagt, als sie dort einzogen. Aber jetzt ist sie nicht lustig.

»Sieh mal an, zwei Schneemänner!« sagt da plötzlich eine Stimme neben ihnen. Der Mann hat eine dicke Ledertasche um, die voller Briefe und Zeitungen steckt. »Habt euch gewiß verlaufen«, sagt er.

Nein, verlaufen nicht. Sie wollen nach Knast.

»Was?« Der Mann tut, als hätte ihn jemand erschreckt. »Nach Knast wollt ihr?«

»Ja«, antwortet Sven, »in das Dorf, wo der Weihnachtsmann wohnt.«

Der Briefträger mustert die Kinder kopfschüttelnd. »Knast kenne ich. Aber daß da der Weihnachtsmann einquartiert ist, ist mir neu. Was machen wir da? Am besten, ihr kommt erst mal mit. Ich meine, zu Frau Schenk. Die hat fünf Enkel und weiß, wie man mit solchen, wie ihr seid, umgeht.«

»Nein«, sagt Sven, »wir wollen nicht zu Frau Schenk. Wir wollen zum Papa.«

»Und wo ist er, der Papa?«

»In Knast. Beim Weihnachtsmann.«

»Alles klar«, sagt der Briefträger, »da ist Frau Schenk gerade richtig. Sie weiß nämlich, wo Knast liegt.«

Sven ist noch immer argwöhnisch, während der Briefträger klingelt und sich den Schnee aus den Augenbrauen wischt.

»Frau Schenk macht das schon«, sagt der Briefträger.

Frau Schenk hat weißes Haar und ein freundliches, rundes Großmuttergesicht. »Kriege ich Besuch?« fragt sie.

»Jawohl«, sagt der Briefträger, »für eine halbe Stunde. Sie wissen doch, wo das Dorf Knast liegt?« Dabei blinzelt er und lächelt.

»Aber sicher«, sagt Frau Schenk. »Kommt nur herein, Kinder.« Sie nickt dem Briefträger zu, der ihr eine Postkarte gibt und verschwindet.

»Wärmt euch erst mal«, sagt Frau Schenk, nachdem sie die Kinder nach Namen und Straße ausgefragt hat. »Wollt ihr die Mäntel nicht ausziehen? Die sind ja ganz naß.«

»Nein«, sagt Sven. Er denkt: Man muß auf der Hut sein. Nie mit Fremden mitgehen, hat Papa gesagt.

Sven beobachtet, wie Frau Schenk den Mantel anzieht. »Sagen Sie uns rasch, wo Knast liegt?«

»Moment«, sagt Frau Schenk, »ich werde meinen Sohn anrufen. Der weiß Bescheid. Er ist nämlich Polizist.«

Frau Schenk bindet ein Kopftuch um und setzt den Kindern ein Glas Orangensaft auf den Tisch. »Das Telefon«, sagt sie, »ist gleich nebenan. Höchstens zwanzig Schritte.«

Sven hört, wie Frau Schenk die Treppe hinabgeht. »Jetzt müssen wir rasch fort«, sagt er.

»Warum?«

»Weil der Polizist uns nach Hause bringt, das weißt du. Polizisten bringen kleine Kinder stets nach Hause.«

Mara seufzt. Sie wäre gern auf Frau Schenks Sofa sitzen geblieben. Sie trinkt einen Schluck Orangensaft. Dann läßt sie sich von Sven aus der Wohnung ziehen.

Draußen ist es nicht mehr so kalt wie vorher. Man kann, weil das Schneien aufgehört hat, weit die Straße hinunter blicken, bis zu dem steinernen Torbogen, der jetzt mit grünen Girlanden und goldenen Sternen geschmückt ist. Gleich dahinter, das weiß Sven, liegt der Weihnachtsmarkt. Ab und an hört man das Karussell dudeln. Und je näher die Kinder dem Torbogen kommen, um so würziger schmeckt die Luft. Nach süßen, frischgebackenen Kräpfeln. Oder nach Bratwurst.

Sven macht große Schritte. Trotzdem weiß er manchmal nicht, ob alles gut ausgehen wird. Es war zuerst ganz einfach, das Dorf mit dem merkwürdigen Namen zu finden. Doch nun weiß keiner genau, wo es liegt, selbst der Briefträger nicht.

Sven ist ärgerlich. Hätte er bloß die Schwester nicht mitgenommen. Kaum hat sie das Karussell entdeckt, will sie darauf fahren. Es ist schon schlimm mit so einem Mädchen. Immerhin, man könnte, denkt Sven, den Karussellbesitzer fragen. Karussellbesitzer kommen weit herum.

Sven geht vorsichtig näher. »Sind Sie schon mal«, fragt er, »in Knast gewesen?«

»Knast? Nee!« lacht der Karussellbesitzer. »Da will ich nichts von hören. Macht, daß ihr fortkommt, ihr Rangen!«

Sven dreht dem Karussellbesitzer den Rücken zu. Im gleichen Augenblick hat er etwas entdeckt. Drüben, bei Karstadt, wo die Mama manchmal einkauft.

»Der Weihnachtsmann!« schreit Sven. »Jetzt haben wir ihn!«

Ja, da steht er, mit roter Nase und weißem Bart. Auf dem Kopf trägt er die hohe, mit Pelz besetzte Mütze. Er klopft die dicken Handschuhe gegeneinander und stampft mit den Stiefeln.

»Frierst du?« fragt Sven.

»Nein. Weihnachtsmänner frieren nicht.«

»Warum bist du nicht in der Werkstatt?«

»Werkstatt? Ach so, du meinst wegen der vielen Arbeit? Damit höre ich gewöhnlich eine Woche vor Heiligabend auf.«

»Warum?«

»Weil ich dann hier vor dem Kaufhaus stehe. Um die Leute daran zu erinnern, daß es Weihnachten wird.«

»Und die Arbeit?«

»Dazu habe ich meine Helfer.«

Sven nickt. »Das weiß ich. Der Papa arbeitet ja auch bei dir.«

»Bei mir? Wie heißt denn dein Papa?«

»Müller heißt er. Wir heißen alle Müller.«

»So, so. Und wo ist eure Mama?«

»Die ist einkaufen gegangen.«

»Das habe ich mir gedacht«, sagt der Weihnachtsmann. »Wo seid ihr denn zu Hause?«

»In der Vogelsiedlung«, sagt Mara, »Starengasse acht.«

»Habt ihr Telefon?«

»Ja, das haben wir. Mama hat gesagt, nach Weihnachten bestellen wir's ab!«

»Warum abbestellen?«

»Weil Papa arbeitslos ist. Deshalb arbeitet er ja bei dir.«

»Ganz recht«, sagt der Weihnachtsmann, »viele Arbeitslose sind bei mir beschäftigt. Allerdings nur als Aushilfe. Nach dem Fest werden sie wieder entlassen.«

»Ja«, nickt Sven, »das hat die Mama auch gesagt. Sie weiß nämlich, wo du wohnst.«

»So? Wo wohne ich denn?«

»In einem Dorf«, sagt Sven.

»Stimmt, in einem Dorf. Und wie heißt das Dorf?«

»Knast«, sagt Sven.

Der Weihnachtsmann macht kugelrunde Augen. »Knast? Wer hat dir denn so was beigebracht?«

Der Weihnachtsmann weiß nicht, ob er lachen oder sich ärgern soll. Schließlich brummt er: »Ich bringe euch erst mal ins Büro. Zum Geschäftsleiter. Da werden wir weitersehen.«

Der Geschäftsleiter ist ein freundlicher Mann. »Zwei Kinder, die die Mama verloren haben? Das geben wir gleich durch Lautsprecher bekannt.«

»Moment«, mischt der Weihnachtsmann sich ein, »die Kinder suchen, soviel ich verstanden habe, nicht ihre Mama, sondern den Papa.«

»Wieso? Ist er bei uns beschäftigt?«

Der Weihnachtsmann zuckt die Achseln. Er sagt dem Geschäftsleiter etwas ins Ohr.

»Na so was«, sagt der Geschäftsleiter, »das kompliziert die Sache.« Er drückt dem Weihnachtsmann das Telefonbuch in die Hand. »Also, Herr Schachtebeck, wenn Sie das mal übernehmen wollen –«, dann rückt er die Krawatte zurecht und rennt aus dem Büro.

Der Weihnachtsmann seufzt. »Nun mal genau«, sagt er und setzt, weil er schwitzt, die Pelzmütze ab, »wie heißt euer Papa mit Vornamen?«

»Karl«, sagt Sven.

Der Weihnachtsmann blättert im Telefonbuch. »Hol's der Kuckuck, wie kann man bloß Müller heißen!«

»Jawohl«, sagt Mara, »einen Kuckucksweg haben wir auch.« Sie tritt von einem Fuß auf den anderen.

»Dreißig Müller im Telefonbuch!« stöhnt der Weihnachtsmann. »Da soll sich einer zurechtfinden! Was ist los? Was habt ihr, Kinder?«

»Mara muß mal«, sagt Sven.

Der Weihnachtsmann wählt gerade die Nummer. »Rechts um die Ecke«, sagt er.

Die Kinder gehen rechts um die Ecke. Schließlich zeigt eine junge Frau ihnen die Toilette. Mara verschwindet, Sven bleibt draußen.

»Komm schon«, sagt Sven, als er Mara wieder an der Hand hat, » jetzt rennen wir schnell die Treppe hinunter.«

»Warum schnell?«

»Weil der Weihnachtsmann mit der Mama telefoniert. Und die Mama holt uns ab. Dann haben wir keinen Papa zu Hause.«

»Immer das Telefon«, seufzt Mara. Dann fragt sie: »Wo ist eigentlich Papa? Nicht beim Weihnachtsmann?«

Sven weiß nicht, was er antworten soll. Das Beste, er verspricht ihr ein Pfefferkuchenherz, auch wenn er weiß, daß Mara jetzt nicht mehr aufhören wird, von dem Pfefferkuchenherz zu faseln, bis sie es hat.

Zum Glück ist da gleich eine Bude mit braunen, verzuckerten Honigkuchen. In der Bude sitzt ein alter Mann. Er hat magere Backen und eine spitze Nase. »Wollt ihr was kaufen?« fragt er mißmutig. »Sonst macht, daß ihr weiterkommt.«

O ja, kaufen wollen sie. Sven weiß bloß nicht, wie er das Geld aus dem Sparschwein herauskriegen soll.

»Gib mal her«, sagt der alte Mann, der plötzlich ein Messer in der Hand hat.

»Nicht kaputt machen«, sagt Sven.

Nein, nein, der alte Mann steckt das Messer in den Schlitz des Sparschweins. Er biegt die Lasche zurück und läßt ein paar Münzen auf den Teller klimpern.

»Seht ihr, so einfach ist das«, sagt der alte Mann, dem ein Tropfen an der Nasenspitze hängt, »nun sucht euch was Schönes aus.«

Sven bekommt einen Bratapfel, Mara das Pfefferkuchenherz.

»Habt ihr die Mama verloren, Kinder?«

»Nein, den Papa.«

»Was ist mit ihm?«

»Arbeitslos ist er. Und jetzt ist er in einem Dorf, das heißt Knast. Da wollen wir hin. Aber wir finden es nicht.«

Der alte Mann wischt die Nase mit dem Handrücken. Er lacht, daß man seine rote Zunge sieht. »Knast?« lacht er, »das ist doch ganz einfach. Fragt den Leierkastenmann – seht ihr, dort drüben. Der weiß genau, wo Knast liegt, denn er hat drei Jahre dort gewohnt.«

»Prima«, sagt Sven. Er nimmt Mara bei der Hand und rennt mit ihr zwischen der Eisbude und dem Bratwurststand durch.

Der Leierkastenmann spielt gerade »Vom Himmel hoch, da komm ich her«. Als er das Wort »Knast« hört, läßt er die Kurbel los. »Knast? Wollt ihr mich anstänkern, ihr Racker?«

»Nein«, sagt Sven, »wir suchen unseren Papa.«

»Ist der im Knast?«

»Ja. Und ich gebe Ihnen auch mein Sparschwein, wenn Sie uns sagen, wie wir das Dorf Knast finden.«

»Dorf? Das ist kein Dorf, ihr Gören. Das ist ein Haus. Hier, gleich um die Ecke. Ein großes, steinernes Haus. Ihr erkennt es sofort, weil es Eisenstäbe vor den Fenstern hat. Gar nicht zu verfehlen, Kinder. Na, und wie ist es mit dem Sparschwein?«

Sven hört noch, wie die Münzen auf das Straßenpflaster

klimpern. Er dreht sich nicht um. Er hat seine Mühe mit Mara, die nur widerwillig folgt.

Gleich um die Ecke, hat der Leierkastenmann gesagt. Und da ist es wirklich, das große, steinerne Haus. Es ist grau, von einer hohen Mauer umgeben, und hat Gitter vor den Fenstern. Wie gut, daß sie es endlich gefunden haben!

»Dort«, sagt Mara, »dort mußt du klingeln.« Sie zeigt auf ein weißes Schild.

»Ich kann nicht ran«, sagt Sven. »Die Klingel ist zu hoch.«

Mara blickt sich weinerlich um. »Ich friere«, sagt sie. »Meine Füße sind naß.«

Sven wartet, bis ein älterer Herr vorbeikommt. Der Herr hat eine Brille auf der Nase und einen Lodenmantel an.

»Entschuldigen Sie«, sagt Sven, »können Sie hier nicht mal klingeln?«

Der Herr im Lodenmantel bleibt stehen. Er geht nahe heran, setzt die Brille ab und betrachtet das Schild. »Um Gottes willen«, sagt er und wirft Sven einen erbosten Blick zu, »du willst mich wohl reinlegen? Unerhört, was diese Bengels sich heutzutage erlauben!«

Es fängt wieder an zu schneien. Mara hat das Pfefferkuchenherz in der Hand und zittert.

»Heul bloß nicht«, sagt Sven.

Nein, Mara heult nicht. Sie hat auf dem Bürgersteig gegenüber einen Müllkübel entdeckt. Daneben eine leere Apfelsinenkiste. Die könnte man vielleicht unter die Klingel stellen.

Die Klingel schrillt. Die Tür öffnet sich.

»Ist hier Knast?« fragt Sven.

»Allerdings«, antwortet eine tiefe, mißtrauische Stimme. »Zu wem wollt ihr?«

»Zum Papa«, sagt Sven. »Er hilft dem Weihnachtsmann.«

»Hier?«

»Ja, hier.«

»Wer hat das gesagt?«

»Die Mama. Und sie ist jetzt immer traurig, weil sie allein ist.«

»Aha. Deshalb wollt ihr den Papa hier abholen?«

»Ja«, sagen Sven und Mara gleichzeitig.

»Hm«, brummt die Stimme, und sie ist schon etwas freundlicher, »tretet erst mal näher, ihr beiden.«

Sie gehen durch einen kahlen Flur. Sie gelangen in ein Zimmer, da sind zwei Stühle, ein Tisch und ein großer Schrank. Auf dem Tisch steht ein winziger, mit Kerzen und Glitzerwatte geschmückter Baum. Daneben das Telefon.

»Setzt euch«, sagt der Mann, der einen dicken Schnurrbart hat, »wie heißt denn euer Vater?«

»Karl Müller«, antwortet Sven.

Der Mann öffnet den Schrank, nimmt ein Aktenstück heraus und blättert. Er sagt nichts, er brummt immer nur »Hm, hm«. Schließlich klappt er den Aktendeckel zu. »Wartet einen Augenblick«, sagt er, »ich werde die Sache besprechen.«

Es dauert eine Weile, bis der Mann mit dem Schnurrbart zurückkommt. Gar zu gern möchte Mara das Pfefferkuchenherz aufessen. Sie hat schon am Zucker geknabbert, doch Sven sagt, sie wollen den Bratapfel und das Herz dem Papa schenken, damit er sich freut, wenn er Sven und Mara wiedersieht, nach so langer Zeit.

Na, und dann wundern sich die Kinder, daß der Papa, als er hereinkommt, kein bißchen lacht. Er bückt sich, er stammelt irgend etwas und hat Tränen in den Augen. So haben sie den Papa noch nie gesehen. Ob er nicht nach Hause darf?

Doch, er darf. Der Mann mit dem Schnurrbart sagt, Herr Müller wäre sowieso am Heiligen Abend entlassen worden. Nun darf er bereits ein paar Tage früher. Es ist ihm erlaubt worden.

Der Papa zieht den Mantel an und verabschiedet sich. Er gibt dem Mann die Hand und sagt, er will nie mehr wiederkommen.

»Na hoffentlich«, sagt der Mann mit dem Schnurrbart.

Als die hohe, breite Tür hinter ihnen zufällt, sagt der Papa: »Wie habt ihr bloß hierher gefunden?« Dabei putzt er die Nase und blickt nach dem großen steinernen Haus zurück.

»Ganz einfach«, sagt Sven. »Die Leute wissen fast alle, wo Knast liegt.«

»Freilich«, sagt der Papa. Er dreht sich nicht mehr um, er ist stets einen Schritt voraus.

»Nur, ein Dorf ist es nicht«, sagt Sven. »Liegt ja mitten in der Stadt.«

»Stimmt«, sagt der Papa.

»Und warum hat es vergitterte Fenster?«

Der Papa antwortet nicht. Schweigend gehen sie weiter, bis Mara anfängt zu weinen, weil die Füße ihr wehtun.

»Komm«, sagt der Papa und hebt sie auf den Arm. »Was hast du denn da?« fragt er.

»Ein Pfefferkuchenherz«, sagt Mara, »für dich. Und Sven hat einen Bratapfel.«

»Und wenn ich erst den Zauberstab habe«, sagt Sven, »zaubere ich dem Weihnachtsmann ein anderes Haus.«

»Was denn für eins?« fragt der Papa.

»Eins ohne Gitter«, sagt Sven.

Alle Jahre wieder

Lebeck hieß er,
zehn Jahre alt,
ein Junge aus der Nachbarschaft,
(sein Vater war Roßschlächter),
seine Mutter schenkte ihm eine Mundharmonika,
darauf spielte Lebeck,
wenn es dunkelte,
kurz vor Weihnachten:
»Alle Jahre wieder«,
immer dasselbe, und starb
in Treblinka.

Nun hör ich ihn spielen,
den Lebeck,
kurz vor Weihnachten,
wenn es dunkelt,
alle Jahre wieder.

Eine Wohltäterin

Frau Lohmann hatte, ein Dreivierteljahr nach dem Tode ihres Mannes, sie trug noch Schwarz und fürchtete sich vor den langen Feiertagen, da also hatte sie den Einfall, ein Mädchen aus dem Gefängnis zu sich einzuladen. Es muß gesagt werden, daß Frau Lohmann bereits in früheren Jahren mit einem solchen Plan hervorgetreten war, doch hatte sie die Zustimmung ihres Mannes, der von rührseligen Anwandlungen redete und der überhaupt auf harte Grundsätze und pedantische Genauigkeit hielt, was ihm als Lokomotivführer auch zustand, nie erlangen können. Jetzt brauchte Frau Lohmann den Mann nicht zu fragen; sie trug jedoch einen Strauß gelber Mimosen zum Friedhof und ging dann, erfrischt durch die Winterluft, vielleicht auch durch den Anblick so vieler fremder Gräber, ohne zu zögern ging sie, denn sie hatte die Erfahrung gemacht, daß man einen guten Entschluß sofort ausführen müsse, geradewegs zum Gefängnis und sprach dort mit Herriegel, dem Oberwachtmeister. Der war Frau Lohmanns Schulkamerad, zeitweise hatte sie sogar neben ihm auf der Bank gesessen, später aber nicht viel mit ihm zu tun gehabt, was nur allzu begreiflich ist, wenn man Frau Lohmanns unbescholtene Lebensführung und ihren Abscheu vor allem, was an Gericht und Gefängnis erinnert, in Betracht zieht. Herriegel dagegen schien sich in dieser Umgebung zu Hause zu fühlen; er war ein altgedienter Soldat, hielt sich trotz seines Rheumas stockgerade und sah dem alten Hindenburg, dessen Schnurrbart und Haartracht er nachahmte, zum Verwechseln ähnlich.

Frau Lohmann betrachtete es nicht als Vorteil, daß sie ihr Anliegen ausgerechnet bei Herriegel vorbringen mußte. Sie hatte das nicht bedacht, und sie wäre, als sie in die überheizte

Wachstube eintrat und den alten Burschen gewahrte, beinahe ihrem Vorsatz untreu geworden, zumal Herriegel sie duzte und Frieda zu ihr sagte.

Er musterte die Frau, die er doch kannte, von oben bis unten.

»So, so«, sagte er. Und dann: »Dein Ernst, Frieda?«

Frau Lohmann kam sich in diesem Augenblick recht abenteuerlich vor. Nur gut, daß sie die Strafgefangene, die sie sich wünschte, nicht gleich mitzunehmen brauchte, nein, das ging, wie Herriegel versicherte, nicht von heute auf morgen, schließlich könnte da jeder kommen, und der Amtsrichter hatte auch ein Wort mitzureden, wenn nicht gar der Regierungspräsident. Im übrigen, Herriegel sagte das unter der vorgehaltenen Hand, gäbe es in solchen Fällen meist Unannehmlichkeiten, Frieda kenne diese Sorte Menschen nicht; wenn er, Herriegel, gefragt würde, nee, würde er sagen, wozu, und meist wollen sie auch gar nicht, ist ihnen nicht geheuer, oder sie werden rückfällig, machen lange Finger, man kennt sie doch, Frieda, ob sie das richtig überlegt hätte, sie kann noch zurücktreten, wenn sie will, er zerreißt das Papier mit dem Antrag, und die Sache ist erledigt.

»Nein, nein«, sagte Frau Lohmann, »mach nur, Franz.« Es war das einzige Mal, daß sie seinen Vornamen aussprach. Sie zog den Handschuh herunter, gab Herriegel, nun in einer gewissen Vertraulichkeit, als hätte sie etwas Ungehöriges mit ihm zusammen geplant, die Hand und sagte, sie würde die Erledigung ihres Gesuches abwarten, wie lange es etwa dauern werde.

Herriegel sagte: »Vier oder fünf Tage. Vielleicht auch länger.«

Damit hatte er recht, es dauerte länger. Immerhin, Frau Lohmann erhielt die mit Stempel und Unterschrift versehene Erlaubnis, eine noch zu bestimmende Strafgefangene am vierundzwanzigsten Dezember siebzehn Uhr in der Wachstube des Gerichtsgefängnisses für einen Zeitraum von sechs Stunden in Empfang zu nehmen. Die Einlieferung in selbige Wachstube werde demnach pünktlich dreiundzwanzig Uhr erwartet. Man freue sich, so stand als Nachsatz darunter, dem außergewöhnlichen Antrag ausnahmsweise stattgeben zu dürfen in der Hoffnung, daß dem Experiment ein guter Erfolg beschieden sein möge.

Es war Frau Lohmann zumute, als hätte man sie beschenkt oder ausgezeichnet, vielleicht beides, als wäre sie plötzlich beteiligt an der Verbesserung der Welt, an den Taten uneigennütziger Männer und Frauen, von denen man in bebilderten Heftchen oder in der Zeitung lesen kann. Sie fühlte sich unternehmend und widerstandsfähig, obwohl sie erst vorgestern einen scheußlichen Hexenschuß, gottlob, das Pflaster wirkte bereits, und die Stollen waren gut geraten, nicht zu dunkel, der Bäcker hatte achtgegeben diesmal, sonst gab es oft Ärger damit, denn die Bäcker, man muß ihnen dauernd in den Ohren liegen, sie heizen zu scharf, haben weniger Verstand als ein Huhn, das Huhn, das Huhn in der Gefriertruhe, richtig, man wird Frikassee machen, Frikassee mit Reis, nur Brotschnitten, nein, das wäre zu unpersönlich, das haben sie im Gefängnis auch, oder sollte man den Gänsebraten schon am Heiligabend, nein, zu üppig, viel zu angeberisch, zu großartig, schließlich ist hier keine Fabrikbesitzersvilla, man soll nicht über seine Verhältnisse, das Mädchen wird dadurch nur eingeschüchtert, man muß mit Zartgefühl, mit Takt, keine besonderen Vorkehrungen also, nichts Aufgetakeltes, ein paar gemütliche Stunden, wie man's gewohnt ist, was kann man diesen Menschen Besseres als das Gefühl der Häuslichkeit, sehen Sie, so könnten Sie's auch haben, jawohl, mehr will man nicht, mehr kann sowieso nicht dabei herauskommen, und ein paar Geschenke natürlich, etwas Praktisches, Strümpfe, ein Unterrock, oder der gelbe Pullover, den unsereins jetzt doch nicht trägt, prima Wolle, hat über achtzig Mark gekostet, dazu Briefpapier oder ein Buch, etwas Heiteres, mein Gott, was haben die schon zu lachen, nicht vorstellbar so was, Unzucht oder Herumtreiberei, nein, hoffentlich nicht, eine solche hätte man, bei allem Mitleid, ungern im Haus, dort, auf dem Stuhl, wo der Tote, es wäre ihm peinlich, er hielt auf Anstand, sie werden das wissen im Amtsgericht, sie nehmen gewiß nicht die erste beste, ist ja fast eine Belohnung, hören Sie mal zu, Sie dürfen heraus für ein paar Stunden, Sie sollen es gut haben, die Frau heißt Frau Lohmann, sie kommt, sie nimmt Sie mit, keine Angst, Sie brauchen sich nicht zu genieren, ist ja Weihnachten, nicht wahr, Sie brauchen kaum Danke zu sagen, nein, man verlangt nichts von Ihnen, nur mitgehen, es geschieht mit unserer ausdrücklichen Erlaubnis.

Frau Lohmann war, obwohl sie manchen oberflächlichen, manchen unverständigen Gedanken hatte, keine Heuchlerin; was konnte sie dafür, daß sie sich etwas vorgenommen hatte, was über ihre Kräfte ging? Jedenfalls besaß sie, und das ist nicht wenig, den guten Willen, die Probe zu bestehen. Daß es auch für sie selbst eine Probe sein würde, spürte sie von Tag zu Tag mehr, und da eine ihrer besten Eigenschaften ihr Sinn für rasches, praktisches Zupacken war, so meinte sie nicht ohne Grund, die Schwierigkeit dessen, was sie unbedacht heraufbeschworen hatte, werde sich durch Unermüdlichkeit und den Vorsatz, nichts zu versäumen, am ehesten bewältigen lassen.

Noch vor kurzem hatte sie beim Hausputz oder wenn sie einen Blumenstock ins Fenster rückte, sich gefragt: Für wen tue ich das eigentlich? Jetzt stellte sie solche Fragen nicht, sie putzte, bohnerte, sie holte die Wäscherin ins Haus, als besäße sie sechs Enkel, die zu Besuch kommen wollten, sie hatte aber weder Kinder noch Enkel, zu ihrem Kummer, und der Lokomotivführer, hätte er sich geäußert bei Lebzeiten, er würde es ebenfalls bedauert haben, doch er schwieg, er tat stets, als wären diese kleinen Brüllhänse ein Greuel, nur manchmal beobachtete sie ihn, wie er auf der Straße vor einem der Kinder stehenblieb, in die Tasche griff und etwas hervorholte, von dem Frau Lohmann wußte, daß es Malzbonbons waren, keine ungesunde Schleckerei, nein, richtige braune Hustenbonbons, die auch, wenn man keinen Husten hatte, gesund und bekömmlich waren. Das Bäumchen, das auf den Eckschrank kam, hatte er stets selber geschmückt, der Lokomotivführer; jetzt war es gar nicht leicht für Frau Lohmann, die Kerzen auf den schwankenden Zweigen zu befestigen und die bunten Glaskugeln, Lametta und Engelshaar so gerecht zu verteilen, daß der Baum von allen Seiten gleichmäßig schön aussah, nicht wie bei manchen Leuten, die den Flitter vorne aufstecken und hinten ist nichts. Leider hatte Frau Lohmann auf das Wetter keinen Einfluß, sie hätte sonst glitzernden Schnee bestellt, wie sie ihn liebte, vier oder fünf Grad Kälte, so daß einem, wenn man von draußen kam, die warme Zimmerluft, die nach Fichtennadeln, nach Honigkuchen und frischen Äpfeln roch, angenehm ins Gesicht schlug, leider nein, das konnte sie nicht arrangieren, es regnete am Heiligen Abend, Frau Lohmann hatte, um rechtzeitig im Gefängnis zu sein, den Vier-Uhr-Gottesdienst besucht, in dem wie gewöhnlich die Väter mit ihren Kindern sich drängten, sie hatte nicht singen können, dazu war die Trauer noch zu frisch, nur die letzte Strophe von Odufröhliche, da hatte sie eingestimmt, sie wollte nicht wehleidig sein, sie ließ sich von den ungeduldig lärmenden Kindern hinausschieben, die Orgel dröhnte, Frau Lohmann hatte den Text noch im Ohr, und sie kamen eilend und fanden, sie schlug den Mantelkragen hoch, so ein Sauwetter, hörte sie sagen, und alle, vor die es kam, wunderten sich der Rede, die ihnen die Hirten, Frau Lohmann spannte den Regenschirm auf, und priesen und lobten Gott und priesen und lobten, sie hatte nicht weit zum

Gefängnis, ihr Herz klopfte, als hätte sie etwas Unrechtes, es war aber ganz in Ordnung, das Papier mit dem Stempel knisterte in der Manteltasche, trotzdem wäre sie am liebsten umgekehrt, sie erinnerte sich jedoch, daß sie das silberne Besteck rasch noch aus der Vitrine genommen und weggeschlossen hatte, ein Andenken an die Mutter, nur deshalb, sonst käme es ihr nicht darauf an, aber man soll auch niemanden in Versuchung führen.

Kurz vor dem Gefängnis, der Weg war dort sehr schmal, man konnte nicht ausweichen, traf Frau Lohmann eine ihrer Kränzchendamen, zum Glück hatte sie es eilig. »Jetzt noch Einkäufe machen?« fragte sie. »Oder wollen Sie ins Krankenhaus?«

Das Krankenhaus lag dicht hinter dem Gefängnis. Frau Lohmann wurde einen Augenblick durch den Gedanken verwirrt, man hätte auch im Krankenhaus Gelegenheit zu Wohltaten gehabt, sie sagte: »Gewiß, wohin sonst.« Es wäre ihr nicht angenehm gewesen, ausgerechnet von dieser Person, die zu Klatsch und Verdächtigungen neigte, ertappt zu werden, aber wieso ertappt, hatte sie sich wirklich, als sie von der Hauptstraße in die Gefängnisgasse abbog, ein paarmal umgesehen und, als niemand sie beobachtete, so etwas wie ein Gefühl der Erleichterung gehabt? Alleinstehende Frauen sollten keine Dummheiten machen, sagte sie zu sich selber, während sie auf den Klingelknopf drückte und den harten Schritt Herriegels näher kommen hörte im Flur.

Er öffnete, er hatte auf sie gewartet.

»Bitte«, sagte sie, ehe sie über die Schwelle trat, »bitte, Franz, du erzählst nichts darüber, nicht wahr?«

Er murmelte etwas von Dienstgeheimnis, führte sie in die Wachstube und ließ sie Platz nehmen.

»Weiß das Mädchen, daß ich hier bin?«

»Natürlich. Ich hole sie gleich. Nummer 28.«

»Warte«, sagte Frau Lohmann. »Hat sie sonst keinen Namen?«

»Aber klar. Hat sie. Stammt von außerhalb. Dreiundzwanzig Jahre alt. Mutter tot, Vater wieder verheiratet. Kümmert sich nicht um das Mädchen.«

»Und weshalb – weshalb ist sie hier? Ich meine, sie ist keine – keine Herumtreiberin?«

Herriegel lächelte. »So eine wäre dir wohl nicht recht gewesen?«

»Nein«, sagte Frau Lohmann. »Du weißt, daß ich Rücksicht nehmen muß. Mein Mann, ich lasse nichts auf sein Andenken kommen. Du hast ihn gekannt. Er war solide wie nur einer. Als Lokomotivführer, nicht wahr, das weißt du.«

»Tja«, sagte Herriegel, »da wäre es allerdings besser, du gingest ohne das Mädchen heim.«

Frau Lohmann erschrank. »Ist es eine – eine so schlimme?«

»Diebstahl«, sagte er. »Rückfällig. Sie hat noch einen Monat zu sitzen.«

»Rückfällig? Das bedeutet, daß sie – daß sie öfter gestohlen hat?«

»Dreimal.«

»Aber wie kann man –«, Frau Lohmann vollendete den Satz nicht, sie blickte sich hilflos um. Nach einer Weile fragte sie: »Gab es denn keine andere?«

Herriegel lächelte. »Irgendwas haben sie alle auf dem Kerbholz. Oder dachtest du, die wären hier zur Erholung?«

»Nicht doch«, sagte Frau Lohmann ärgerlich. Späße brauchte der Mensch jetzt nicht zu machen.

Herriegel putzte sich umständlich die Nase. »Wir hätten noch eine Urkundenfälschung gehabt«, sagte er undeutlich. »Oder einen Postbetrug. Aber diese da, die Nummer 28, war vor kurzem krank. Sie kriegt auch nie Päckchen.« Er nahm ein Schlüsselbund vom Brett. »Keine Angst, Frieda. Ich hole sie erst mal.«

In der Ecke vor dem Aktenschrank stand ein Fichtenbäumchen, das sah ganz nach Herriegel aus, steif, dünnadelig, die Zweige hingen herab wie Herriegels Schnurrbart; die Kugeln, die man daran befestigt hatte, waren viel zu schwer für das stakelige Ding, es reichte kaum bis an die Stuhllehne. Weshalb hatte dieser Mensch es nicht auf den Tisch, da war doch Platz, da kam das Licht vom Fenster, und nackt war es auch, kein Fädchen Lametta, kein versilbertes Zäpfchen, nicht mal ein Stern oder ein Rauschgoldengel, nur ein paar kalkweiße Stearinkerzen, die billigste Sorte, so lieblos geputzt und in die Ecke gestellt, na ja, was kann man anderes erwarten.

Frau Lohmann griff vorsichtig in die Spitze des Weihnachtsbaumes und hob ihn, dessen Fuß in einem klobigen, grünbemalten Holzkreuz steckte, auf den Tisch. Sie schob einen Blechkasten zur Seite und drehte das Bäumchen so, daß die beste Ansicht zur Wachstube war, die andere, die mit dem geknickten Zweig, zum vergitterten Fenster – da wurde die Tür geöffnet, Frau Lohmann trat einen Schritt zurück, Herriegel sagte: »Laß man, Frieda, für uns genügt es«, er hängte das Schlüsselbund ans Brett, winkte Nummer 28 näher an den Tisch und gab ihr den Kopierstift in die Hand: »Sie müssen noch unterschreiben.«

Nummer 28 war ein blasses, hochaufgeschossenes Mädchen, ziemlich mager, mit glattanliegendem Haar; sie trug ein dunkelgrünes Kleid, glänzende, durchbrochene Strümpfe, braune Wildlederschuhe; den Mantel hielt sie über dem Arm, dazu hatte sie eine Wollmütze und lederne Handschuhe. »Unterschreiben?« sagte sie zögernd.

Herriegel strich den Schnurrbart nach oben. »So einfach kommt man hier nicht raus, das wissen Sie. Sechs Stunden haben Sie Urlaub. Sie müssen unterschreiben, daß Sie pünktlich um 23 Uhr zurück sind. Keinen Fluchtversuch oder andere Dummheiten, klar?«

Nummer 28 unterschrieb.

Renate Könnecke, las Frau Lohmann. Eine saubere Schulmädchenschrift. Kaum zu glauben, daß so ein junges, schüchternes Ding wegen Diebstahl, rückfällig sogar, sieht gar nicht aus, wie man sich so eine vorstellt.

Herriegel, nachdem der Unterschrift Genüge getan war, wurde gesprächiger. »Jedem Tierchen«, sagte er, »sein Pläsierchen. Hauptsache, es geht alles glatt«, und er wollte in diesem Sinne Fräulein Könnecke, weil sie wegen guter Führung, wie ihr bekannt sei, deshalb wolle er ihr ein frohes Fest wünschen, ebenfalls Frau Lohmann.

Frau Lohmann gab Nummer 28 die Hand. Nummer 28 machte einen unbeholfenen Versuch zu knicksen, blickte dann abwärts auf ihr grünes Kleid, das ihr ebenso fremd vorkommen mochte wie diese Frau, die ganz in Schwarz, graue Löckchen über den Ohren, resolut lächelnd, mit frischem, rotbäckigem Witwengesicht, die Füße nach innen gestellt, vor ihr stand und die, weil es unangenehm still in der Wachstube war, sagte: »Ich freue mich sehr, Fräulein Könnecke, Sie kennenzulernen«, wie albern, dachte sie und, mit einem Versuch zu scherzen: »Ich denke, wir werden uns schon vertragen.«

Herriegel knurrte, Frau Lohmann drohte ihm mit dem Finger und öffnete für Nummer 28, die den Mantel angezogen und die Mütze aufgesetzt hatte, die Tür; sie schämte sich, weil sie das Mädchen in Gedanken Nummer 28 nannte.

»Kommen Sie, Renate«, sagte sie, den Schirm aufspannend, »Sie erlauben doch, daß ich Sie Renate nenne, ein so schöner Name, Sie müssen mir erzählen, Renate, aber nicht jetzt, schlimmes Wetter, nicht wahr, ich hätte Ihnen gewünscht, daß Sie mal wieder richtigen Schnee, das gehört doch zu Weihnachten, nein, bleiben Sie nur auf der rechten Seite, Sie sind mein Gast, keine Förmlichkeit«, Frau Lohmann hielt Renate am Arm fest, sie bogen beim Brunnenplatz in die hellerleuchtete Marktstraße, das Mädchen schwieg, Trumpfschokoloade, VERSUCHEN SIE TRUMPFSCHO-

KOLADE, blaues, aufzuckendes, verlöschendes, aufzuckendes Licht, Sterne aus schillernder Folie, Preisschilder, GÜNSTIGE GELEGENHEIT, DIE POLNISCHE MASTGANS ZUM FEST, DER VERWÖHNTE KÄUFER KAUFT RECHTZEITIG, Frau Lohmann sah dies alles und sah es nicht, noch weniger wußte sie, ob Renate es sah, das Mädchen schritt stumm neben ihr her, gehorsam, als hätte sie einen schwierigen Gang zum Arzt vor.

Frau Lohmann hielt den Schirm über beide; plötzlich blieb sie stehen und zeigte auf das Fenster irgendeines großen, von einem Türmchen gekrönten Backsteinhauses. Hinter den herabgelassenen Gardinen schimmerte das Licht der Kerzen, sie mußten eben angezündet sein, man hörte dünne Kinderstimmen singen. »Schön, nicht wahr?« sagte Frau Lohmann, dann sah sie Herrn Rellstab kommen, den Prokuristen der Sparkasse. Er hätte jetzt eigentlich in die Kirchgasse abbiegen müssen, wo er wohnte, er überquerte jedoch die Kirchgasse, seine Brille war beschlagen, vielleicht bemerkte er Frau Lohmann nicht, man wußte, wie kurzsichtig Herr Rellstab war, deshalb grüßte er alle Leute, er fürchtete, einen Kunden der Sparkasse zu übersehen, er grüßte auch Frau Lohmann, er warf einen zusätzlichen Blick herüber, nickte nochmals und blieb stehen. »Ah, Sie haben Besuch abgeholt. Gewiß eine Nichte?«

»Ja«, sagte Frau Lohmann.

Rellstab lächelte aufmunternd. »Recht so. Das schlimmste ist: Weihnachten allein. Alles Gute für Sie und das Nichtchen!« Er schwenkte trotz des Regens den Hut, dann hatten sie die Marktstraße hinter sich, sie gingen rasch über den Waageplatz, Renate blickte sich um, als müsse sie sich den Rückweg einprägen, dann durch die Seilergasse, an der Flachsröste vorbei, über die Holzbrücke.

»Gleich sind wir da«, Frau Lohmann kramte in der Tasche nach dem Schlüssel, die Haustür öffnete sich knarrend, dann die Korridortür, die Frau Lohmann zweimal verschlossen hatte, da waren sie denn, mollige Wärme schlug ihnen entgegen, Frau Lohmann schüttelte den Schirm aus. »Nein, so ein Regen, sagen Sie, Renate, haben wir das scheußliche Wetter verdient, da ist die Fußmatte, legen Sie doch ab, fühlen Sie sich ganz wie zu Hause, nicht wahr, Sie tun mir den Gefallen«, Frau Lohmann hängte Renates Mantel auf den Bügel, sie legte den Arm um das Mädchen, schob sie ins Zimmer, dachte: was ist bloß mit ihr, sie verzieht keine Miene, merkt sie nicht, daß ich es gut mit ihr meine.

Frau Lohmann hatte den Verlauf des Abends genau festgelegt, man geht auf diese Art kein Risiko ein, dachte sie, am schlimmsten sind die Verlegenheitspausen, da kommt nichts Gutes dabei heraus, es sollte aber gut werden, deshalb mußte man die Zeit einteilen, immerhin sechs Stunden, die können rasch vorübergehen, aber auch quälend langsam, nein, das mußte man dem Mädchen ersparen. Zuerst also die Bescherung, dann das Abendessen, dann vielleicht Musik aus dem Radio, nicht zuviel, damit noch Zeit blieb für das gemütliche Beisammensitzen mit Grog und Pfefferkuchen und Nußtorte, ja, die Nußtorte, das war sozusagen der Höhepunkt, kurz vor dem Aufbruch, Frau Lohmann wußte, daß die Kränzchendamen nichts so lobten wie Frau Lohmanns Nußtorte, sie hatte da ein Rezept, selbst ihr Mann, der nichts von Torten hielt, duldete es, daß sie ihm zum Geburtstag einen Nußtorte, er erinnerte sogar daran in den letzten Jahren, als ob man so etwas vergäße, sein Bild stand auf der Kommode, Renate betrachtete den kleinen, vierschrötigen Mann, der bei einer Jubiläumsfahrt mit der bekränzten Lokomotive fotografiert war, zwischen dem Betriebsdirektor der Bundesbahn und dem Landtagsabgeordneten Frederking, von dem neulich in der Zeitung zu lesen war, daß er sich erschossen hatte, dieser Frederking, niemand wußte, weshalb. Frau Lohmann fragte Renate, ob sie es gelesen habe, doch noch während sie fragte, fiel ihr ein, daß Renate im Gefängnis wahrscheinlich keine Zeitung, oder sollte sie doch, merkwürdig jedenfalls, dieses schüchterne, blasse Ding, das bisher kaum drei Worte, das aber aussah wie alle anderen blassen und schüchternen Mädchen, diese Renate, die jetzt auf Frau Lohmanns Teppich stand, vor Frau Lohmanns Kommode, dieses Mädchen also sich vorzustellen, nein, Frau Lohmann schüttelte sich, als fröre sie, sie fror aber nicht, es wurde ihr warm, sie führte Renate zum Tisch zurück, wo zwei Gläser mit heißem Fruchtsaft standen, beide setzten sich, sie hoben die Gläser und tranken einen Schluck, dann noch einen, dann stand Frau Lohmann auf, als hätte sie da eben einen großartigen Einfall, es war aber alles schon festgelegt. Frau Lohmann schlug vor, Renate solle noch einen Augenblick sitzen bleiben, beim Fruchtsaft, während sie, Frau Lohmann, im Nebenzimmer – –

»Wenn es soweit ist«, sagte sie, »läute ich mit dem Glöckchen«.

Der Baum war wunderschön, nicht viel größer als der in der Wachstube, aber mit Liebe geschmückt, selbst der Tote, der in diesem Punkt penibel war, wäre zufrieden gewesen. Die Krippe aus buntfarbiger Pappe, die noch aus Frau Lohmanns Elternhaus stammte, ein liebes Andenken, war frisch geklebt, jedes Jahr mußte man sie kleben, besonders die abgeknickten Köpfe der Weisen und das Schriftband, das die Engel ausgebreitet hielten: Ehre sei Gott in der Höhe, daneben die Geschenke, mit einer Serviette zugedeckt, Renate sollte die Serviette selber wegnehmen, das war die Überraschung, Frau Lohmann hatte zwischen Strümpfe und Pullover und Pfefferkuchenteller einen Briefumschlag gesteckt, darin war ein Zwanzigmarkschein, für irgendeinen kleinen Wunsch, hatte sie dazugeschrieben, noch ein Monat, dann wurde Renate entlassen, dann stand sie auf der Straße, Frau Lohmann nahm sich vor, ihr zu sagen, sie müsse dann wieder bei ihr vorbeikommen, da steht die Adresse, Renate, genieren Sie sich nicht, ich werde Ihnen helfen. Frau Lohmann seufzte, während sie die Kerzen anzündete, es war ein zugleich wohliges und erschrecktes Seufzen, nicht eingeplant, nein, auch der Druck nicht, den Frau Lohmann in der Kehle verspürte, sie hatte sich vorgenommen, zu singen mit dem Mädchen, mit Nummer 28, mit dieser Renate, die sie jetzt rufen würde zur Bescherung mit dem Glöckchen.

Frau Lohmann warf einen letzten Blick auf den Baum, sie roch den Duft der Nadeln, es war nun doch alles so, wie sie gewollt hatte, die Strohsterne drehten sich sanft im Gezweig, die Lamettafäden schimmerten wie Geschmeide, die Schneewatte glitzerte, es glitzerten die roten und weißen und dunkelblauen Glaskugeln im warmen Licht, wo mag er jetzt sein, der Tote, dachte Frau Lohmann, sie sah ihn zur Stube hereinkommen, na nu, Besuch, er rieb sich die Hände, er blickte sich nach dem Mädchen um, prüfend, dann sagte er: Nun bimmele schon, Mutter.

Frau Lohmann schwenkte das Glöckchen, dann öffnete sie die Tür. Sie blieb auf der Schwelle stehen. Sie sah sofort, daß das Mädchen nicht da war. »Renate!« rief sie. Das Fruchtgetränk war unberührt.

Frau Lohmann rannte in die Garderobe. Der Mantel des Mädchens war weg. Die Mütze, die Handtasche. Die Tür war nicht eingeklinkt. Frau Lohman rannte zurück ins Zimmer, sie sah den Baum, die weißen Servietten über den Geschenken, die Bügelknicke in den Servietten, sie rief, sie blickte ins Schlafzimmer, dann zog sie selber den Mantel an, griff nach dem Regenschirm und rannte auf die Straße.

Mein Gott, wenn das Mädchen, sie wird sich doch nichts, Frau Lohmann dachte erst, als sie schon über den Marktplatz rannte, daran, daß sie ausgebüxt sein könnte, diese Renate, sie war allzu verschlossen gewesen, man blickt da nicht durch, oder hatte sie selber, Frau Lohmann, sie selber, hatte sie etwas falsch gemacht?

Herriegel öffnete: »Nun reg dich nicht auf, Frieda. Nummer 28 ist hier. Eben, vor fünf Minuten zurück. Alles in Ordnung.«

»Aber sie sollte doch bei mir«, sagte Frau Lohmann, »sie durfte bis dreiundzwanzig Uhr, sie hatte doch Urlaub –«

»Mag sein«, nickte Herriegel. »Hauptsache, sie ist nicht durch die Lappen. Oder hat sie dir was –«

Frau Lohmann schluckte. »Nein, nur fortgelaufen. Vor der Bescherung.«

»Wie? Vorher?«

»Ja, ich zündete gerade die Kerzen an. Und ich habe mir die größte Mühe gegeben. Aber sie – kein Wort. Nicht mal neugierig ist sie gewesen. Einfach stumm, als ginge das Ganze sie nichts an. Oder war es Trotz – was meinst du?«

Herriegel zuckte die Achseln. »Die machen manchmal so Zicken.«

Frau Lohmann dachte plötzlich an den Baum, an die brennenden Kerzen, an den Duft im Zimmer, mein Gott, wie schön wäre das alles –

»Hat sie etwas gesagt, diese Renate?«

»Nichts. Sie will in die Zelle, hat sie gesagt.«

»Ich bitte dich, wie kommt das Mädchen dazu. Ich verstehe nicht. Hätte sie nicht Zutrauen haben müssen – wenigstens abwarten, was wird –«

»Da ist kein Verlaß drauf«, sagte Herriegel und brannte eine Zigarette an. »Ich habe dich gewarnt, Frieda.«

»Kann ich mit ihr sprechen?«

»Keinen Zweck, nee.« Herriegel blickte in den Regen, der sich in Schnee zu verwandeln begann. »Geh nach Hause, Frieda. Mach dir 'n paar gemütliche Stunden. Ich muß jetzt auch heim. Werde gleich abgelöst.« Er schob die Tür eine Handbreit zu. »Kopf hoch, Frieda. Denk nicht mehr daran.«

Herriegel schneuzte sich. »Noch was?«

»Nein«, sagte Frau Lohmann.

Nachrichten aus Bethlehem

Gestern übernachtete ich in
Bethlehem. Als ich den Wirt
fragte: Wo ist der Stall?
sagte er: Abgebrannt.
Wo Ochs und Esel?
Geschlachtet.
Maria und Joseph?
Vergast.

Die Weisen, bevor sie eintraten,
zweifelten. Sie versteckten
Gold, Weihrauch, Myrrhe unter den
Mänteln und sagten: Hier
nicht.

Die Krippe wurde oft von Reportern
fotografiert. Man fand sie großartig
hart, bemängelte jedoch, daß sie,
vom Stroh abgesehn,
leer sei.

Engel sollen damals an allen Ecken
gesehn worden sein, besonders von
Blinden.

Die Lokalpresse schrieb von der
Friedenskonferenz, von der Ankunft
dreier Minister, vom hellen Stern des
Explorer, vom überraschenden Anstieg der
Börsenkurse, vom zukünftigen Heil durch

Raketen, von den Hirten und ihrem
Tariflohn, von der Geburt eines
unehelichen Kindes.

Die Revolte im Gefängnis wurde
niedergeschlagen. Die Aufrührer,
peinlich befragt, erklärten, sie
hätten die vom Engel verkündete Amnestie
wörtlich genommen.

Man probt die Sirenen. Man rechnet
mit einem neuen Überfall der
himmlischen Heerscharen.

Die Kinderschlächter sind endlich
vor Gericht gestellt. Sie gaben an,
auf allerhöchsten Befehl
gehandelt zu haben.
Antrag: man höre den
Allerhöchsten.

Einer der Hirten kam nicht zur Krippe.
Er wollte die Schafe nicht allein lassen.
Als die andern heimkehrten, glaubte er
nichts, er hatte den Wolf abgewehrt.

Die Zählung geht weiter. Längst
sind die Mörder gezählt, die
Planer, die Ausführer, die Mitläufer,
keiner gezählt, der sagt: Ich bin schuld.

Als Krieg kam, wurden drei Hirten
Soldat. Sie gedachten des Engels und
sagten: Friede auf Erden.

Der erste verlor ein Bein.
Der zweite bekam das Ritterkreuz.
Der dritte wurde am Pfahl
erschossen.

Einsame Tante Daniela

Der Baum war geputzt, die Lichter aufgesteckt, das Wasser für den Glühwein summte im Ofen, da dachte ich: du kümmerst dich auch nur um dich selber. Solltest du nicht auf einen Sprung hinüber zu Tante Daniela? Ihr ist gewiß ebenso einsam zumute wie dir, ohne Mann, ohne Kinder, in dem großen, backsteingelben Haus mit den leeren Fluren und den knarrenden Treppen. Mal sehen, was sie macht, die alte, verschrumpelte Truthenne. Ob sie in der Ecke am Fenster sitzt und dummes Zeug spinnt? Oder die Augen wischt mit dem Schürzenzipfel? Ja, es ist schlimm für so ein vertrocknetes Tantchen. Nicht mal Witwe ist sie. Hat keinen Mann sterben sehen wie unsereins, kein Kind bei sich, auch kein uneheliches, oder einen Ausreißer von Sohn, der über Nacht aufs Schiff geht und eine Karte schreibt aus Southampton mit einem Stechpalmenzweig, nein, nichts hat sie, weder Kummer noch Freude für ihr einsames Herz.

»Gut, daß du kommst«, sagte Tante Daniela, als sie die Tür öffnete. Sie hatte den Rock aufgesteckt, daß man ihre dürren Waden sah. Und die Zipfel des Kopftuchs flatterten ihr um die Ohren. Und ihre spitze, lange Nase war feuerrot, als hätte die Tante ein paar Gläser Punsch getrunken.

»Du kannst mir helfen, mein Täubchen«, sagte sie.

Sie nannte mich stets »Täubchen«, obwohl ich eine dicke, robuste Person bin und wenig an mir habe, was an den heiligen Vogel erinnert. Außerdem ist Tante Daniela keineswegs meine leibliche Tante. Sie hat auch einen anderen Namen, Frieda oder Pauline; das weiß niemand genau, denn sie wird, solange ich denken kann, im Ort nur »Tante Daniela« genannt. Sie nickt, wenn man sie so anredet; womöglich freut sie sich darüber, denn sie ist nun einmal für das Großartige, und ihre Phantasie ist unerschöpflich. Sie sagt: mein Täubchen, oder: meine kleine Butterblume, oder: garstiger Wasserstiefel, je nachdem, wie es ihr richtig erscheint, und sie irrt sich selten.

»Was stehst du«, rief die Tante, als wir beide den langen, dunklen Flur durchquert hatten und ich, den Regenschirm zuklappend, das Durcheinander der Küche betrachtete. »Du siehst doch, daß ich es eilig habe! Oder willst du nicht in die Christvesper?«

Freilich wollte ich. Aber was hatte das mit Tante Danielas Hin- und Herlaufen zu tun und mit dem vorwurfsvollen Blick ihrer großen, kurzsichtigen Augen?

»Ich habe die Christvesper noch nie versäumt«, sagte sie.

O nein, wer hätte so etwas behauptet! Jeder im Ort wußte, wie pünktlich Tante Daniela auf ihrem Kirchensitz erschien, in der vordersten Bank ganz links, und wie sie dem Pastor, wenn er aus der Sakristei kam, aufmunternd zunickte, als wollte sie sagen: Tante Daniela ist da. Wir können anfangen.

»Was haben Sie für Eile, Tantchen«, sagte ich, »es ist ja noch Zeit für die Christvesper!«

»Rede nicht, mein Täubchen«, fuhr die Tante mich an, indem sie eine große irdene Schüssel voller Lebkuchen und Pfeffernüsse in einen Henkelkorb schüttete, der mit blauem Sternchenpapier ausgelegt war. Sie deutete auf die offene Tür der Vorratskammer: »Geh. Hole das andere herüber.«

Das andere, das waren gebauchte Schüsseln mit Backwerk: Zimtsterne, Mandelplätzchen, Schokoladenkugeln, Lebkuchenmänner, mit Rosinen gespickt, graumelierte, sogenannte Pflastersteine und die gelben, nach Anis duftenden Springerle, die mit unzähligen Figuren verziert waren, mit Herzen, Rosen, Schneekristallen, mit geflügelten Engeln und bärtigen Ruprechten und wolligen Lämmern. Eine riesige Schüssel voll Springerle! Die verstand im ganzen Ort niemand zu bakken außer Tante Daniela, denn man braucht dazu geschnitzte

Holzformen, die bei uns im Norden unbekannt sind; Tante Daniela aber hatte sie von ihrer Mutter geerbt, die eine Schwäbin war, und eine Schwäbin ist etwas anderes als dieses schwerfällige, schweigsame, manchmal auch verstockte und widerspenstige Volk, unter dem Tante Daniela nach Gottes unerforschlichem Ratschluß nur, weil sie das backsteingelbe Haus geerbt hatte, seit vielen Jahren zu leben gezwungen war.

»Siehst du nicht, daß da noch leere Körbe stehen?«

Wir schütteten das Backwerk aus den Schüsseln in die leeren Körbe, wobei die Tante genau achtgab, daß die mageren und die fetten Plätzchen gerecht verteilt wurden, ebenso die Äpfel und die Hutzelbirnen.

»Gleich gehen wir los«, sagte die Tante, mit einem besorgten Blick zur Uhr.

Ich entsann mich, daß man die Tante auch in anderen Jahren mit gefüllten Körben hatte über die Straße eilen sehen, kurz vor der Christvesper, wenn es dämmerig wurde, in Regen oder Schnee.

Jetzt bückte sie sich zur Herdbank und sagte: »Julia bleibt hier. Romeo kann uns begleiten. Es gibt sonst nichts als Zank.«

Die Tante füllte ein Schüsselchen mit Milch und nickte der Katze Julia, die auf der Ofenbank saß und blinzelte, ebenso freundlich wie befehlshaberisch zu. Romeo war ein struppiger Schnauzer, der, als er seinen Namen hörte, gähnend aus der Ecke hervorkam und die Tante ansah.

Diese hatte inzwischen die Filzstiefel angezogen. Dann warf sie die Pelzjacke über und setzte die Pelzmütze auf, beides aus dunklem Fuchs; es war eine kostbare Zurüstung und machte die Tante zu einer imposanten Erscheinung, die man für nichts Geringeres als den Knecht Ruprecht hätte halten können, zumal sie die Mütze tief in die Stirn zog.

»Tja«, sagte sie, »ich wollte die Körbe auf den Schlitten laden, aber es regnet.«

»Allerdings«, sagte ich kleinlaut.

»Tut nichts«, meinte die Tante, »wir beide schaffen es schon. Ich nehme erst mal drei Körbe.«

»Aber Sie haben doch nur zwei Hände, Tantchen!«

Die Tante drehte sich mißbilligend um. Immerhin besaß sie einen Rücken, der jetzt, in der Pelzjacke, breiter ausfiel, als er in Wirklichkeit war. Auf diesen Rücken lud sie den dritten Korb, denn der hatte lederne Bänder und Schlaufen und war wohl überhaupt dazu eingerichtet, auf dem Rücken getragen zu werden.

»Halt«, sagte die Tante plötzlich, »fast hätte ich die Hauptsache vergessen!« Immer, wenn sie aufgeregt war, fing sie an zu nicken. Der Kopf nickte dann von selber, man konnte nichts dagegen tun.

Die Tante nahm den Korb wieder vom Rücken und rannte, von Romeo begleitet, in das Wohnzimmer. Gleich darauf kam sie mit einem großen Beutel, der fast schon eine Art Sack war, zurück.

»Die Geschenke!« sagte sie vorwurfsvoll, als wäre ich verpflichtet gewesen, an den Beutel zu denken.

In der anderen Hand trug sie ein winziges Tannenbäumchen, nicht viel größer als eine Topfpflanze, doch war es hübsch aufgeputzt und mit kleinen Kerzen besteckt.

»Wer soll denn das alles tragen?« fragte ich entsetzt.

Ohne zu antworten, befestigte die Tante das Bäumchen mittels zweier Wäscheklammern am Rückenkorb. Doch bevor sie ihn aufhob, machte sie eine Schlaufe aus Bindfaden an den Geschenkesack und schlüpfte mit der Pelzmütze durch die Schlaufe hindurch, so daß der Sack ihr quer über der Brust hing. Dann kam der Rückenkorb an die Reihe. Die beiden anderen Körbe nahm sie rechts und links in die Hände.

»Siehst du, so macht man das«, sagte sie befriedigt.

Ich lachte. »Also los. Wird die Katze auch nichts anrichten?«

»Nein. Katzen sind schrecklich vernünftige Geschöpfe. Deshalb fürchten sie ja die Einsamkeit nicht.«

Wir standen auf der Schwelle. Die Tante blieb abermals stehen.

»Noch etwas vergessen?« fragte ich.

»Aber ja! Oder vielleicht doch nicht?«

Was für einen Unsinn sie manchmal redete!

»Vielleicht *wollte* ich ihn vergessen. Wollte ihn nicht hergeben, obwohl ich es mir fest vornahm. Siehst du, so eine bin ich. Ich habe ihn absichtlich vergessen!«

»Wen denn?«

»Lohengrin«, sagte die Tante.

»Lohengrin?«

»Na ja. Den Kanarienvogel. Ich nenne ihn so. Hast du etwas dagegen? Er singt prächtig, sage ich dir. Zwei Jahre besitze ich ihn schon. Da darf ich ihn doch verschenken, wie?«

»Sie dürfen, Tantchen, aber Sie müssen nicht.«

»Nein, ich muß nicht. Ich kann mir auch kaum vorstellen, wie still es sein wird in meinem Zimmer ohne Lohengrin. Er singt allerliebst, und er sieht allerliebst aus. Manchmal denke ich, er ist gar kein gewöhnlicher Vogel – das ist natürlich Unsinn. Ich will mich nur darum drücken, ihn zu verschenken.«

»Behalten Sie ihn doch, Tantchen!«

Sie blickte mich zweifelnd an. Ihr Gesicht war unter der Pelzmütze nicht größer als eine Faust. Sie nickte und nickte, daß mir fast angst wurde.

»Nein«, sagte sie dann mit Bestimmtheit, »er hat ihn nötiger als ich. Außerdem habe ich ihm den Vogel versprochen. Was würde er denken, wenn ich ohne Lohengrin käme!«

»Wen meinen Sie?« fragte ich.

Die Tante drehte sich auf dem Absatz um, ging in den Flur zurück, dann in die Küche, von da in die Wohnstube. Gleich darauf hörte ich die Türen klappen, und sie stand wieder vor mir. Sie hatte den Vogelbauer auf den Rückenkorb gesetzt, neben das Bäumchen, und ein Tuch darüber gedeckt, ein grünes Staubtuch.

Romeo sprang als erster in den Regen hinaus, dann trat ich über die Schwelle, zuletzt die Tante, die wie ein Packesel aussah und die trotz der Last, die sie trug, schon nach den ersten Schritten an mir vorbeimarschierte; sie schien nicht bloß mehr Hände, sondern auch mehr Füße zu haben als gewöhnliche Leute.

Zum Glück war es fast dunkel. Sooft uns jemand begegnete, wich die Tante ein wenig auf die Seite. Einmal blieb sie stehen und hob die Nase in die Luft. »Riecht es nicht nach Schnee?«

Ich wagte nicht zu widersprechen.

»Erni wird sich freuen«, sagte sie. »Er hat Schnee nämlich sehr gern.«

»Gehen wir zu Erni?«

»Erst zu Anna im Rollstuhl«, erwiderte die Tante.

Anna im Rollstuhl war ein Mädchen, das zur Schustersfamilie gehörte. Tante Daniela schob die Kranke, sooft sie Zeit hatte, im Ort spazieren, an der Anstaltsmauer entlang, oder quer über die Bleichewiese, oder an der Bäckerei vorüber, damit Anna im Rollstuhl die Butterwecken und die Mohnkringel und die Schweinsohren betrachten konnte. Weiter unten, in Reitemüllers Kaufhaus, waren es Kleider und Schürzen und Nachthemden, die Anna anzuschauen nicht satt wurde. Tante Daniela half ihr beim Ausrechnen der Preise, wenn sie auch manchmal, falls Anna zu sehr auf Abwege geriet, barsch dazwischenfuhr: Vergiß nicht, daß du im Rollstuhl sitzt! Na schön, sagte Anna dann, fahren wir weiter.

Jetzt wartete Anna im Rollstuhl bereits auf die Tante. Sie

wußte, daß sie an jedem Christabend etwas von ihr geschenkt bekam, und als Tante Daniela nun den Korb auf Annas Schoß setzte und sagte: »Sieh mal, Anna, was das Christkind für dich gebacken hat«, da glänzte das Gesicht der Kranken für einen Augenblick, als wäre der Schein einer großen Laterne darauf gefallen; es war aber nur die Straßenbeleuchtung, denn die Schustersfamilie, die alle Hände voll zu tun hatte, sparte das Licht meist, solange Anna allein saß.

»Wart«, sagte die Tante und griff in den Geschenkesack, »ich habe noch etwas für dich.« Sie zog eine in Seidenpapier gewickelte gelbe Wollmütze hervor. »Selber gestrickt. Siehst du auch, was sie für ein hübsches Muster hat?«

Anna im Rollstuhl nahm die Mütze in beide Hände und zog sie über den Kopf. Dann stammelte sie irgend etwas, was der Tante offensichtlich mißfiel.

»Ausfahren? Jetzt? Nein, meine Butterblume. Dazu ist keine Zeit.«

Anna starrte die Tante enttäuscht an. Ihr Gesicht unter der Wollmütze sah aus, als würde Anna gleich anfangen zu weinen.

Die Tante warf mir einen verzweifelten Blick zu. Schließlich setzte sie den Rückenkorb ab, kroch aus der Schlaufe, legte den Geschenkesack neben den Rückenkorb und sagte: »Meinetwegen. Aber nicht zu Reitemüllers Kaufhaus. Nur einmal um die Kirche herum.«

Anna klatschte in die Hände; sie ließ sich die Decke über die gelähmten Beine legen und eine zweite Decke über die Schultern. Dann packte Tante Daniela die Griffe am Rollstuhl und schob ihn vorsichtig über die Diele. Sie vergaß auch nicht, in den Keller hinunterzurufen; irgend jemand antwortete, und Romeo sprang kläffend voraus.

Es hatte aufgehört zu regnen, das heißt, der Regen verwandelte sich zusehends in große, bauschige Flocken. Als wir an der Laterne vorüberkamen, sahen wir es deutlich.

»Habe ich es nicht gesagt?« triumphierte die Tante, die den Rollstuhl rasch voranschob und sogar gestattete, daß ich ihr dabei half.

Die Kirche war erleuchtet, die Tür stand weit offen. Der Küster war gerade dabei, die Kerzen auf dem riesigen Tannenbaum anzuzünden.

Anna starrte in den hohen, von Emporen eingefaßten, leeren Raum. »Schön«, sagte sie. Dann gab sie zu verstehen, sie wolle um die Kirche herumgefahren werden.

»Ja, ja«, seufzte die Tante, »ich weiß schon. Aber ich komme gewiß zu spät zur Christvesper.«

Sie rollte mit Anna um die Kirche herum. Anna war zufrieden. Als sie wieder in der dunklen Stube saß, am Fenster, durfte sie die Mütze aufbehalten.

Tante Daniela hob den Korb auf den Rücken; sie hängte den Sack mit den Geschenken quer über die Brust und stieß mich unsanft über die Schwelle. »Mach schon. Oder meinst du, wir können uns überall so lange aufhalten?«

Ich sagte, nicht ohne Unwillen: »Dem Christkind zuliebe könnten wir wohl etwas Geduld haben.«

»I was«, sagte die Tante, die kräftig ausschritt, »ich bin nicht das Christkind. Ich sehe eher wie ein Känguruh aus. Und ich muß in die Christvesper, hörst du? Ich habe noch nie in der Christvesper gefehlt. Wieviel Uhr mag es jetzt wohl sein?«

Kaum hatte die Tante gefragt, da begann es zu läuten; es war das sogenannte erste Läuten.

»Mein Gott«, seufzte die Tante, »warum habe ich mich auf die Dummheiten eingelassen!«

Ich merkte, daß sie in die Berggasse einbog. »Aha«, sagte ich, »zu Ole Jansen.«

Die Tante war damit beschäftigt, die Stufen zu erklimmen, die zur Wohnung des Invaliden hinaufführten. Es war dunkel in Ole Jansens Haus. Selbst Romeo wußte nicht genau, wo die richtige Tür war und ob es da überhaupt eine Tür gab.

Mitten im Flur blieb die Tante stehen. »Still! Hörst du nichts?«

O ja, ich hörte Geigentöne. Nichts Großartiges, eher ein unbeholfenes Kratzen; doch die Melodie kannte ich; es war eine von denen, die Ole Jansen an den Straßenecken und in den Höfen spielte. Wenn der weiße Flieder wieder blüht, spielte er.

»So ein Unsinn«, sagte die Tante. Sie tastete sich zur Tür, sie öffnete, und dann hatte sie das Licht angeknipst. Ein elendes Licht. Die Glühbirne hing schräg an der Decke, ohne Schirm. In der Stube sah es nicht viel besser aus. Ole Jansen mochte bis vor kurzem geschlafen haben; das schmutzige Bettzeug lag wüst durcheinander. Auf dem Tisch war eine Zeitung zu sehen, daneben ein fettiger Teller, ein Messer, ein Kanten Brot und eine Flasche.

Die Tante setzte die Körbe ab; sie nahm die Flasche in die Hand, roch an der Öffnung und sagte: »Schäm dich!«

Ole Jansen hatte ein großes, knittriges Gesicht mit Bartstoppeln; die Haare fielen ihm in die Stirn und rückwärts über den Rockkragen.

Weshalb gehst du nicht zur Kirche?« fuhr die Tante ihn an. »Du hast doch gesunde Beine! Oder weißt du nicht, was heute für ein Tag ist?«

Ole Jansen wiegte den Kopf. Offensichtlich hatte er über die Bedeutung des Tages nicht nachgedacht.

»Ein Ali Baba bist du!« schalt die Tante. Und Romeo, der am Tonfall merkte, daß etwas nicht in Ordnung war, reckte den Hals gegen den Alten und kläffte.

»Du schweigst!« herrschte die Tante den Hund an. »Du bist auch nicht viel besser!«

Sie wendete sich wieder Ole Jansen zu. »Nicht mal ein paar grüne Zweige hat der Mensch! Oder eine Kerze! Und das

Haar hättest du dir auch schneiden lassen sollen! Und die Stoppeln rasieren! Was bist du bloß für einer!«

Ole Jansen nickte. Es machte ihm stets einen besonderen Eindruck, wenn die Tante ihn ausschimpfte. Er wußte, daß sie heute kommen und tüchtig krakeelen würde. Daran merkte man doch wenigstens, daß Weihnachten war. Obendrein kam sie ja nicht mit leeren Händen. Schelten mußte sie, das gehörte dazu, und schließlich hatte Ole Jansen nichts Besseres verdient.

Die Tante zündete die auf dem Tannenzweig befestigte Kerze an, griff in den Geschenkesack und zog einen in Glanzpapier gewickelten Packen heraus: »Das ist ein Hemd und eine Unterhose. Ich denke, du kannst beides gebrauchen, auch wenn du ein Künstler bist. Oder wäre dir etwas zu trinken lieber?«

Die Tante musterte Ole Jansen, der schuldbewußt lächelte. »Heraus mit der Sprache!« sagte sie. Ehe der Alte antworten konnte, griff sie noch mal in den Sack. »Da ist eine Flasche Kirschwasser! Na, was sagst du?«

Ich hatte inzwischen das Kopfkissen und das Bett aufgeschüttelt und die beiden Körbe wieder zur Hand genommen.

»Einen Korb kannst du mir geben«, sagte die Tante. »Ich habe ja fast nichts zu tragen.«

Auf der Schwelle drehte sie sich noch einmal um. »Nur ganz kleine Schlückchen! Vergiß das nicht, Ole Jansen! Und nach den Feiertagen bist du bei mir eingeladen. Was möchtest du lieber: Hering mit Pellkartoffeln oder Graupensuppe mit Backpflaumen?«

»Hering mit Pellkartoffeln«, sagte Ole Jansen.

Dann gingen wir. Die Tante jammerte. »Schaffen wir es noch? Aber nein, das ist unmöglich. Sieh doch, dort gehen sie schon zur Kirche. Alle werden da sein, nur ich nicht! Wenigstens die Predigt hätte ich gern gehört!«

Wir hatten inzwischen den Marktplatz erreicht. Tante Daniela war zu meiner Verwunderung auf ein großes Haus zugesteuert, das in völliger Finsternis lag.

»Wollen Sie wirklich zu dem?« fragte ich.

»Ja, zu dem«, sagte die Tante.

Ich klingelte drei- oder viermal. »Niemand da«, sagte ich.

Romeo schüttelte die Flocken aus dem Fell und blickte zu den Rollos der Schaufenster hinüber, auf denen, vom Schnee halb verdeckt, zu lesen war: August Lasinski, Schnittwaren und Modeartikel.

»Hm«, sagte die Tante. Sie starrte kopfschüttelnd an der Fassade des dunklen Hauses empor. Plötzlich rannte sie in die Seitengasse, bog nach links durch ein enges Tor, überquerte den Hof und stand wiederum vor einer Tür. »Ich wußte doch«, sagte sie, »daß es noch einen zweiten Eingang gibt!«

Die Tür auf der Hofseite war nicht mal verschlossen. Allerdings war es auch hier dunkel; wir mußten, wie bei Ole Jansen, die Treppe hinaufstolpern. Romeo war zuerst oben; er kläffte. Dann hörten wir eine ängstliche Frauenstimme. »Ist da wer?« fragte die Stimme.

»Ja, da ist wer«, antwortete Tante Daniela. »Machen Sie Licht, Frau Lasinski!«

Wir warteten. Wir hörten einen Seufzer, oben, auf der Treppe: »Ich darf nicht Licht machen.«

»Nanu, wer hat Ihnen das verboten?«

Die Stimme sagte, ebenso ängstlich: »Mein Mann. Entschuldigen Sie bitte – vielleicht wissen Sie nicht – –«

»Unsinn!« rief die Tante. »Ich weiß. Deshalb komme ich doch!«

»Deshalb?«

»Allerdings.«

Die Stimme schwieg. Das Licht im Treppenhaus wurde eingeschaltet. Frau Lasinski war klein und blaß, ganz in Schwarz. Auch das Tuch um ihre Schultern war schwarz.

»Haben Sie Trauer?« fragte Tante Daniela. »Ich meine, ist jemand gestorben?«

»Das nicht«, sagte Frau Lasinski.

Die Tante gab Frau Lasinski die Hand. »Wir sind alle keine Engel«, sagte sie und rief Romeo zurück.

»Wollen Sie etwas Bestimmtes?« Frau Lasinski zitterte; vielleicht war ihr kalt.

»Führen Sie uns erst mal rein«, sagte die Tante.

Frau Lasinski ging voran. Von irgendwoher hörten wir eine heisere, zornige Stimme rufen.

Tante Daniela blickte sich um und sagte: »Das habe ich mir gedacht.«

»Was haben Sie gedacht?« fragte Frau Lasinski. »Daß Sie keinen Baum haben!«

»In diesem Jahr nicht«, sagte Frau Lasinski. Sie zog ein Taschentuch und wischte sich über die Augen.

Tante Daniela setzte den Rückenkorb ab, nahm die Klammern weg, mit denen sie das Bäumchen am Korb befestigt hatte und sagte: »Sehen Sie mal, Frau Lasinski! Ist das nicht hübsch?«

Sie stellte das Bäumchen, das einen grüngestrichenen Ständer aus gekreuzten Holzstücken hatte, auf den Tisch, zog Streichhölzer aus der Tasche und zündete die Kerzen an.

»Nun holen Sie ihn her«, kommandierte die Tante.

»Er wird nicht kommen«, antwortete Frau Lasinski. »Er liegt im Bett.«

»Krank?«

»Nein, das nicht –«

»Also. Ich möchte nämlich etwas kaufen.«

»Kaufen? Jetzt?«

»Entschuldigen Sie, aber ich hatte nicht eher Zeit.«

»Was soll es denn sein?« erkundigte sich Frau Lasinski ungläubig.

Die Tante zog ein Papier aus der Tasche. »Ich habe einen ganzen Zettel voll! Lauter Kleinkram.«

Die Frau nickte und verschwand durch die Tür, die sie hinter sich schloß.

»Hoffentlich besinnt er sich rasch, der Bursche«, flüsterte Tante Daniela. »Das Ende der Predigt, weißt du, das höre ich immer am liebsten.« Sie nahm einen der beiden Körbe und setzte ihn neben das Bäumchen.

Kopfschüttelnd schaute ich der Tante zu. Wußte sie wirklich nicht, daß man Lasinski eben erst aus dem Gefängnis entlassen hatte? Man sprach ganz offen davon. Urkundenfälschung. Unterschlagung. So ein Mensch war das.

Als die Frau endlich wieder erschien, blieb sie in der Mitte des Zimmers stehen.

»Was ist? Will er nicht?«

Frau Lasinski schüttelte den Kopf.

»Auch gut«, sagte die Tante. »Haben Sie einen Bleistift? Mir fällt eben ein, daß ich noch Strickwolle brauche. Eine ganze Menge sogar. Ich stricke nämlich sehr gern. Und wie ist es mit Bettwäsche? Führen Sie die auch? Um so besser!« Die Tante schrieb die Bestellung auf den Zettel. »Da brauche ich nicht zu Reitemüller. Der verdient sowieso genug. Und gleich nach dem Fest komme ich. Sagen Sie das Ihrem Mann. Ich möchte von ihm selber bedient werden!«

Tante Daniela verabschiedete sich, beinahe barsch; Tränen konnte sie nun einmal nicht sehen. Wir rannten fast aus dem Haus, und erst, als wir unter der nächsten Laterne verschnauften, sagte sie: »Nun noch zwei, dann sind wir fertig.«

Tante Daniela war trotz ihrer Magerkeit eine kräftige Person, und die Wege, die wir noch vorhatten, wären geradezu vergnüglich gewesen, hätten nicht, schon während wir aus Lasinskis Haus kamen, die Glocken angefangen zu läuten, jetzt alle drei Glocken zugleich.

»Da hörst du's!« rief die Tante. »Viel zu spät bin ich losgegangen, ich dumme Pute!«

Wir näherten uns der Wurstfabrik. Das Haus hieß im Ort nicht anders, ein großes, scheunenartiges Gebäude, das früher eine Fabrik gewesen sein mochte und das jetzt unzähligen Leuten als Wohnung diente; man wußte gar nicht genau, wie viele es waren. In der Mitte des Flures führte eine Treppe hinauf. Es roch nach Seifenlauge und angebrannter Milchsuppe.

Erni war wirklich allein. Er lag nicht mal im Bett; anscheinend hatte er auf die Tante gewartet. Als wir eintraten, erhob er sich langsam vom Stuhl.

»Sieh mal an«, sagte die Tante, »hat der Doktor dir erlaubt, aufzustehen?«

»Nein«, sagte Erni.

»Du wolltest bloß zeigen, was für einen schönen Anzug du hast, nicht wahr?«

»Ja«, sagte Erni. »Und zum Fenster rausgucken.«

»Bei der Kälte!«

»Es schneit«, sagte Erni. »Vielleicht kann ich im nächsten Jahr Schlitten fahren.«

»Aber sicher. Wo ist denn deine Mutter?«

Erni rümpfte die Nase. »Sie arbeitet. In der Windmühlenbar. Wenn sie kommt, ist Bescherung.«

»Hm«, sagte die Tante. »Und euer Bäumchen?«

»Sie bringt eins mit, hat sie gesagt.«

Die Tante nahm den Tannenzweig mit der Kerze, legte beides auf den Tisch und zündete die Kerze an.

»Du siehst fast wie ein Weihnachtsmann aus«, sagte Erni bewundernd. Er musterte die Pelzmütze der Tante, ihren dicken Pelzrock und die Stiefel. Plötzlich klatschte er in die Hände. Er hatte irgend etwas entdeckt, etwas Geheimnisvolles, das mit einem grünen Tuch zugedeckt war. Erni geriet ganz außer sich. Er sprang im Zimmer umher. Er schrie:

«Lohengrin! Lohengrin!« Immer wieder schrie er. Dann blieb er wie angenagelt stehen. Seine Hände fielen herab. Er taumelte.

»Aber Jungchen«, sagte Tante Daniela. Sie hielt ihn fest. Sie strich ihm über die feuchte Stirn. »Wer wird so übermütig sein!« Sie trug ihn zum Bett und wartete, bis er die Augen aufschlug. Dann nahm sie das Tuch fort vom Vogelbauer. Lohengrin hielt den Kopf schräg und blickte aufmerksam durch die Gitterstäbe.

»Er ist viel gelber als Max«, sagte Erni.

»Natürlich«, nickte die Tante.

Erni schwieg eine Weile. Schließlich sagte er: »Will Lohengrin nicht mal singen?«

»Gewiß will er. Nur mußt du vorher selbst etwas singen. Oder pfeifen, das ist egal.«

»Dann pfeife ich«, sagte Erni. Er spitzte die Lippen und pfiff.

»Schön«, sagte die Tante. »Gib acht, gleich fängt er an.«

Der Vogel hüpfte von der einen Stange auf die andere Stange.

»Er will nicht«, sagte Erni. »Pfeif du ihm mal was vor, Tante Daniela!«

Pfeifen war eine Kunst, die Tante Daniela schlecht beherrschte. Aber was tut man nicht, um einen Vogel wie Lohengrin zum Singen zu bewegen!

Und siehe da, kaum hatte Lohengrin die Versuche der Tante wahrgenommen, schon setzte er sich in Positur, hob das gelbe Köpfchen, öffnete kaum merklich den Schnabel und fabrizierte ein paar Töne, nur ein paar, nicht mal seine besten, aber sie waren so glockenrein, daß Tante Daniela entzückt den Vogel anschaute, dann mich, dann Erni. »Na?« sagte sie.

Erni zweifelte noch. »Lernt er auch ein richtiges Lied pfeifen?«

Die Tante winkte ab. »Lohengrins Lieder sind die schönsten, die es gibt! Wart nur, wenn er sich erst zu Hause fühlt! Und wenn er die Flügel spreizt beim Singen!«

»Die Flügel spreizen? Max hat das nie getan.«

»Das will ich glauben«, sagte die Tante. »Max ist ja auch nicht Lohengrin.«

»Wann besuchst du mich wieder?« fragte Erni. Er war müde.

»Morgen«, sagte die Tante.

Erni lächelte. »Du mußt jetzt öfter kommen. Lohengrin etwas vorpfeifen.«

Die Tante beugte sich über den Jungen, der die Augen geschlossen hielt.

»So ein Bürschchen«, hörte ich sie murmeln, während wir die Treppe hinabgingen, »so ein junges, junges Bürschchen.«

Sie seufzte. Sie dachte nicht mal daran, daß die Christvesper längst begonnen hatte. Sicherlich war der Pastor schon beim Predigen.

»Wohin denn noch?« fragte ich.

Die Tante wendete sich um. »Röhlmanns wohnen hier im Parterre. Das solltest du wissen, meine Taube.«

»Die mit den vielen Kindern?«

»Ja, die. Ich glaube, da können wir's kurz machen. Ich habe ohnehin nur noch den einen Korb mit Gebäck. Und für jedes der Kinder ein Paar Strümpfe.«

»Wieviel Kinder sind's denn?«

»Ich habe vorsorglich dreizehn Paar gestrickt. Ich denke, das reicht.«

Man mußte nicht unbedingt wissen, wo die Röhlmanns wohnten. Das Geschrei der Kinder schallte über die Treppe. Dazwischen hörte man eine keifende Stimme, die immer lauter wurde. Dann das Klatschen von Ohrfeigen.

Die Tante pochte mit der Faust an die Tür, die im gleichen Augenblick aufsprang. Ein Junge stolperte über die Schwelle, nicht viel größer als Erni, aber stramm und dickbackig, der streckte der Mutter die Zunge heraus, so daß Tante Daniela eine kurze Drehung vollführte, den Jungen am Rockkragen packte und rief: »He, du! Was bist du für ein Lausebengel!«

Der Junge duckte sich, er wollte davon, doch die Tante hielt ihn fest. »Gleich gehst du hinein und bittest die Mutter um Verzeihung! Na, wird's bald?«

»Ja – ja doch, Nikolaus«, stammelte der Junge. Er verschwand in der Küche. Wir sahen, wie er mit gesenktem Kopf vor der Mutter stand. Die war eine stämmige Frau, mit schwarzen, liederlichen Haaren. Sie hatte die Ärmel hochgekrempelt und scheuerte den Fußboden.

»Hättest du nicht eher dazu Zeit gehabt?« fragte die Tante.

Auf der Bank hinter dem Tisch hockten drei oder vier Hosenmätze. Zwei andere krabbelten in einem Verschlag, der einem Gänsestall ähnelte. Ein Junge war damit beschäftigt, Lamettafäden auf eine mannshohe, ziemlich krumm gewachsene Fichte zu werfen. Ein anderer räumte Glaskugeln aus einem Pappkarton. Die Älteste, ein Mädchen von fünfzehn oder sechzehn Jahren, stand am Tisch und schnitt Brot. Alle blickten uns mit offenen Mäulern an.

Die Mutter hob den Scheuerlappen vom Boden und warf ihn klatschend in den Eimer. »Was soll man machen«, sagte sie, »wenn der Dreckskerl von Mann nicht heimkommt.«

»Wie? Nicht mal am Heiligen Abend?«

»Das ist ihm egal«, sagte die Frau.

»Wo treibt er sich rum?«

»Na, wo wird er. In der Gastwirtschaft.«

Ich sah, wie Tante Daniela mit sich kämpfte. Noch wäre Aussicht gewesen, wenigstens zum Vaterunser zurechtzukommen. Andererseits, durfte dieser Saufbruder, dieser verkommene Mensch, der Vater von zehn oder dreizehn Kindern, in der Gastwirtschaft hocken bleiben?

»Also«, sagte Tante Daniela, »sieh mal her, Mutter Röhlmann.«

Die Frau hob den Kopf.

»Ich habe dir und den Rangen was mitgebracht. Einen Korb voll Gebäck. Und für jedes Kind ein Paar Strümpfe. Falls es mehr Strümpfe als Kinder sind, schadet es nichts. Aber den Korb und den Sack will ich wiederhaben. Spätestens übermorgen. Verstanden?«

»Ja.«

»Und nun holen wir den Mann!« Das Gesicht im Pelz wurde noch strenger und schärfer, der Schritt härter auf den Fliesen, so kam es mir wenigstens vor.

»Es wird schwer sein«, sagte die Tante, als wir vor der Gastwirtschaft standen.

Ich schwieg. Ich wußte ja nicht, daß in dieser Sache bereits vorgesorgt worden war, und das ist wunderbar genug. Aber warum sollte bei so viel Energie und Selbstaufopferung nicht auch ein kleines Wunder geschehen, noch dazu in dieser Nacht?

Das Wunder näherte sich uns in Gestalt des Dorfpolizisten Krulle. Er hatte im Schatten eines Baumes gestanden. Jetzt trat er ins Licht, erfreut, trotz des Hundegekläffs.

»Das trifft sich gut«, sagte er.

»Wieso?« fragte die Tante, die sich von Krulle, der gern ein Schwätzchen machte, nicht aufhalten lassen wollte.

»Der Kerl wankt und weicht nicht«, sagte Krulle.

»Meinen Sie etwa – meinen Sie etwa Röhlmann, das Subjekt?«

»Ja, den meine ich.«

»Weshalb wirft der Wirt ihn nicht raus?«

»Das darf er nicht. Das ist gegen das Gesetz.«

»Und Sie?«

»Ich darf erst recht nichts gegen das Gesetz.«

Die Tante machte eine Handbewegung, die so etwas wie

Empörung ausdrückte. »Ja, wer soll den Burschen dann überhaupt –«

Sie kam nicht zu Ende, weil Krulle sie, als müsse er ihr ein Geheimnis anvertrauen, ein Stück auf die Seite zog: »Der Röhlmann, Sie kennen ihn. Da hilft kein Machtwort. Auch keine Gewalt. Wissen Sie, was er gesagt hat? Er wird sofort heimgehen, hat er gesagt. Aber nur, wenn der Weihnachtsmann persönlich kommt.«

Die Tante lachte. »Gar nicht schlecht. Das hätte mancher gern. Doch woher nehmen?«

»Sehen Sie«, sagte der Polizist, »das habe ich auch gedacht. Aber nun ist ja alles in Ordnung.«

Krulle hatte bereits die Tür zum Gastzimmer geöffnet. Wir hörten Röhlmann, das Subjekt, grölen. Gleich darauf sahen wir ihn, in seiner gestreiften Schlachterjacke, die Arme breit auf dem Tisch.

Jetzt aber, als der Polizist auf den singenden Röhlmann zutrat, als er nach der Tür zeigte und sagte: »Ist er das oder ist er's nicht, du Saufkerl?« – da war das Lied zu Ende. Röhlmann hatte seinen dicken Schädel zu uns hergedreht. Er starrte Tante Daniela an, die in Filzstiefeln und in ihrer ganzen rotfuchsigen Pelzpracht im Türrahmen stand.

Röhlmann schüttelte sich. Er grinste. Dann wieder gingen furchtsame Schauer über sein rotes, gedunsenes Gesicht.

Tante Daniela stand unbewegt.

Röhlmann murmelte etwas von Bezahlen.

Der Wirt sagte: »Ein andermal.« Er half ihm beim Aufstehen und stülpte ihm die Schildmütze auf den Kopf.

Röhlmann wankte auf den Polizisten zu, der ihn beim Arm faßte und ihn hinausführte. Als Krulle bei der Tante vorbeikam, blinzelte er: »Gut gemacht, Weihnachtsmann.«

Wir folgten den beiden in einiger Entfernung. Die Straßen waren menschenleer. Nur das Auto des Doktors kroch wie eine große, schwarze Katze durch die weiße Dunkelheit.

»Vielleicht schaffen wir es noch«, sagte die Tante. »Wenigstens das Schlußlied.«

Als wir den Marktplatz überquerten, blieb die Tante ermattet stehen und ließ die Arme hängen. Die Kirchenbesucher kamen uns entgegen. Wir hörten das Nachspiel der Orgel. Gleich darauf gingen wir an dem weitgeöffneten Portal vorüber.

»Tut mir leid«, sagte die Tante, die sich im Dunkeln hielt, »daß du meinetwegen die Christvesper versäumt hast.«

Schweigend stapften wir durch den frischgefallenen Schnee zu Tante Danielas Haus. Als sie die Unordnung in der Küche sah, blickte sie mich kopfnickend an. »Weißt du«, sagte sie mit einem Blick auf Julia, die die Augenschlitze kaum geöffnet hatte, »bei mir ist es doch recht einsam.«

Die Tante knöpfte die Pelzjacke auf. Sie überlegte. »Was meinst du«, sagte sie nach einer Weile, »soll ich dir Gesellschaft leisten? Du bist doch auch allein.«

Allerdings. Ich hatte nicht viel mehr aufzuweisen als die Karte mit dem Stechpalmenzweig. Aus Southampton.

»Ich gehe so, wie ich bin«, sagte die Tante, indem sie die Pelzjacke wieder zuknöpfte. »Romeo nehmen wir mit. Er jault sonst. Hast du etwas dagegen?«

Nein, nichts. Selbst für einen Hund ist Einsamkeit das schlimmste, noch dazu am Heiligen Abend.

Engel

Es müssen nicht Männer mit Flügeln sein,
die Engel.
Sie gehen leise, sie müssen nicht schrein,
oft sind sie alt und häßlich und klein,
die Engel.

Sie haben kein Schwert, kein weißes Gewand,
die Engel.
Vielleicht ist einer, der gibt dir die Hand,
oder er wohnt neben dir, Wand an Wand,
der Engel.

Dem Hungernden hat er das Brot gebracht,
der Engel.
Dem Kranken hat er das Bett gemacht,
und er hört, wenn du ihn rufst, in der Nacht,
der Engel.

Er steht im Weg und er sagt: Nein,
der Engel,
groß wie ein Pfahl und hart wie ein Stein –
es müssen nicht Männer mit Flügeln sein,
die Engel.

Sieben Weihnachtsbäume

Sie trafen sich auf dem Müllplatz, sieben halbvertrocknete Weihnachtsbäume verschiedener Größe, zwei Tannen und fünf Fichten. Das Fest war vorüber. Es machte nichts aus, daß die Tannen ihre Nadeln etwas länger behielten, obwohl die größte von ihnen, die auf dem Marktplatz gestanden hatte, nicht wenig stolz darauf war. Abgetakelt waren sie jetzt alle, ohne Kerzen, ohne Glaskugeln, ohne Rauschgold. Nur ein paar glitzernde Lamettafäden hingen noch verstreut in den Zweigen. Außerdem nieselte es, halb Schnee, halb Regen, und der Schuttplatz, auf dem die Müllmänner sie abgeladen hatten, machte einen grauenerregenden Eindruck. Riesige Aschenhügel gab es da, überall lagen ausrangierte Autoreifen, Pappkartons, Flaschen, Plastikbeutel. Wie ausgestorben war die Gegend, nur Schwärme von Krähen zeigten sich, die mit nickenden Köpfen, Beute suchend, gravitätisch auf und ab stolzierten.

Schaudernd wendeten die sieben Weihnachtsbäume sich ab. Der Anblick von so viel Überflüssigem und Weggeworfenem verwirrte sie.

»Ja, ja, so ist das«, schnarrte eine alte, grindschnäblige Krähe, »nach dem Glanz kommt der Jammer, da hilft nichts, meine Lieben.«

»Oh«, erwiderte das kleinste der Bäumchen, »hätte ich wenigstens so etwas wie Glanz gehabt, dann könnte ich mich jetzt daran erinnern.«

»Bist du nicht geschmückt worden?« fragte die Krähe erstaunt. »Soviel ich weiß, geschieht das allen Christbäumen. Wozu hätte man euch sonst im Wald geschlagen und herunter in die Stadt gebracht?«

Das kleine Bäumchen seufzte: »Du magst recht haben,

Krähe. Ich freute mich unbändig, auch wenn ich die Waldlichtung nicht gern verließ. Als junges Ding will man ja etwas erleben, etwas Großartiges und Abenteuerliches. Aber da wurde nichts daraus, leider.«

»Interessant«, krächzte die Krähe, »erzähle doch!« Ihre Augen funkelten vor Neugier. »Und vielleicht«, fuhr der schwarze Vogel in seiner altväterischen Redeweise fort, »solltet ihr Hochwohlgeborenen sämtlich etwas zum besten geben. Der Aufenthalt auf dem Müllplatz ist sowieso öde genug, besonders an einem nieseligen Januartag wie heute. Nicht oft kommt es vor, daß wir so ansehnliche Gesellschaft haben. Wenn es den Herrschaften recht ist, rufe ich rasch meine Gevattern zusammen. Dann werden wir Ihren Erinnerungen lauschen, sehr aufmerksam, wie ich versichern darf.«

Die Weihnachtsbäume blickten sich erfreut, wenn auch ein wenig zweifelnd an. Der Vorschlag der Krähe kam ihnen nicht ungelegen. Schließlich war die Erinnerung alles, was ihnen blieb. Und vielleicht konnte es sogar nützlich sein, wenn man allerorts erfuhr, wie es ihnen ergangen war bei den Menschen. Dafür würden die Krähen schon sorgen; sie kommen weit herum und sind, wie man weiß, sehr gesprächige Vögel.

»Wir sind einverstanden«, sagte die große, regelmäßig gewachsene Tanne, die auf dem Marktplatz gestanden hatte. »Geh hin, Krähe, rufe deine Sippschaft herbei. Wir werden der Reihe nach berichten.«

Die Krähe knickste. Sie breitete die Flügel und hob sich schwerfällig über den nassen Schnee. Es dauerte nicht lange, so war ein schwarzer, flatternder Vogelschwarm um die sieben Bäume, die, eng aneinandergerückt, wie ein winziger, halbdürrer Wald inmitten des Gerümpels standen, versammelt.

»Darf ich bitten«, schnarrte die alte Krähe, die Amara hieß. »Ich bin dafür, daß unsere Ungeschmückte, weil sie am traurigsten ist, den Anfang macht. Oder wie ist Ihre Meinung?«

Die Bäume hätten am liebsten der großen, vornehmen Tanne den ersten Platz eingeräumt, doch sie wollten die Ungeschmückte nicht verletzen. Vielleicht war ihnen auch klar geworden, daß unter diesen Umständen so etwas wie Größe oder Vornehmheit kaum noch etwas galt. »Die Ungeschmückte!« riefen sie. »Die Ungeschmückte soll anfangen!«

Dies also ist
die Geschichte der Ungeschmückten.

»Ich stand«, sagte die Ungeschmückte, »nachdem der kurze Schmerz des Abschieds mich getroffen hatte, beim alten Grunert zum Verkauf. Einige von euch sind ebenfalls dort, gegenüber der Jakobikirche, feilgeboten worden. Es ist eine Straßenecke, die mich zuerst erschreckte. Nicht den Wind meine ich, nicht das Schneegestöber. Selbst das schreierische Gedudel, das aus mehreren Lautsprechern kommt, wäre noch zu ertragen. Doch das Schlimmste sind die Menschen. Ich verstehe, daß man uns kritisch mustert. Auch daß man allerlei an uns auszusetzen hat, darf niemanden wundern oder gar kränken. Doch daß man uns verächtlich auf die Seite wirft, daß man uns gar für Krüppel oder Mißwuchs hält und, nur um den Preis zu drücken, an jedem etwas auszusetzen hat, ist nur schwer zu ertragen. Schließlich ist die Vollkommenheit auch bei den Menschen selten – wie können sie so unduldsam sein?

Ich selbst stand mehrere Tage unbeachtet in meiner Ecke. Wie wird es dir ergehen, dachte ich mit Bangen, denn makellos war ich keineswegs. Von Kindheit an ist mein Wuchs etwas schief gewesen; ich stand hinter der größeren Schwester versteckt im Wald; nur manchmal kam die Sonne zu mir durch. Was wollte ich machen? Den Platz konnte ich nicht

wechseln, also söhnte ich mich aus mit meinem Wuchs. Es muß auch Schiefe geben in der Welt, dachte ich.

Doch jetzt, bei Emil Grunert, wollte keiner mich haben. Der Verkaufsstand lichtete sich, zuletzt wurde er leer. Ich erinnere mich, daß, als schon die Glocken läuteten, ein älterer Mann daherkam, der es eilig hatte. ›Ist egal‹, sagte er, ›Hauptsache, ich bin nicht ohne Baum.‹ Womöglich hat Emil Grunert obendrein den Preis heruntergesetzt; er lachte, als der Mann, der Otto hieß, mich unbesehen in sein Auto verfrachtete. ›Eile mit Weile‹, rief Grunert hinter uns her, eine Redensart, die ich nicht verstand, denn wir Waldbäume kennen das Wort Eile nicht.

Otto muß jedoch ein Mann gewesen sein, der zu nichts Zeit hatte. Ich kann das nicht beurteilen, weil ich ihn, nachdem er mich in den Ständer gesteckt und mitten ins Zimmer gestellt hatte, nicht wiedersah. Er murmelte, er wolle rasch noch das Auto in die Garage fahren – doch er kam nicht zurück.

Den ganzen langen Abend, den man den Heiligen Abend nennt, wartete ich auf ihn. Nebenan hörte ich Kinderstimmen. Auch aus den oberen Etagen hallte von Zeit zu Zeit leise Musik. Es war offenbar ein großes, vielstöckiges Haus, in dem Otto wohnte, und ein wenig betrübt war ich schon, wenn ich daran dachte, daß ich jetzt, geschmückt mit Lametta und Engelshaar, überstrahlt vom Licht der Kerzen, hier in Ottos Zimmer hätte stehen können.

Trotz meines Kummers sorgte ich mich um den Mann. Ob ihm etwas zugestoßen war? Man hört ja von mancherlei Unglück und von der Unvorsichtigkeit der Menschen.

Tatsächlich, zwei Tage später wurde die Tür aufgeschlossen. Eine ältere Frau erschien und packte Wäsche in einen Koffer. Sie blickte sich aufmerksam um und humpelte ein wenig. ›Herrjeh‹, rief sie, ›da steht weißgott noch das Bäumchen! Und kein einziges Kerzenlicht dran! Hat mal wieder keine Zeit gehabt, der Bursche! Was hilft es, wenn ich zu ihm sage: Fahr langsam, Otto. Hört er etwa auf seine Schwester? Nun liegt er im Krankenhaus und kann dort erst mal Geduld lernen. Ein Glück, daß er sich nicht den Kopf eingeschlagen hat!‹

Ottos Schwester sah mich mitleidig an. ›Was mache ich mit dir? Entschuldige, Bäumchen, aber du mußt nun schon ungeschmückt bleiben.‹ Etwas leiser fügte sie hinzu: ›Ich selber bin übrigens auch nie zu dem gekommen, was ich wollte. Eine Tante bin ich, nichts weiter, eine alte Jungfer, wie man so sagt. Na ja, der Otto wird hoffentlich bald gesund. Dann werde ich ihm vielleicht seinen Wunsch erfüllen. Was das ist, fragst du? Zu ihm ziehen und ihm den Haushalt besorgen. Das wollte ich bisher nämlich nicht. Was meinst du, Bäumchen? Soll ich's tun?‹

Ich bemühte mich, ein wenig zu nicken. Das war nicht viel, doch Ottos Schwester hat es offenbar begriffen. Als sie mich eine Woche später an die Straße stellte, dorthin, wo noch andere Christbäume lagen, sagte sie: ›Schönen Dank auch, und einen Gruß von Otto. Ich habe mit ihm gesprochen. Es geht ihm schon viel besser.‹«

»Ich denke«, schnarrte die Krähe Amara, »das war eine nicht sehr heitere, aber lehrreiche Geschichte. Man braucht nie zu verzweifeln, auch wenn nicht alles nach Wunsch geht. Wir Vögel wissen das übrigens längst.«

Die Krähen schlugen allesamt beifällig mit den Flügeln. Dann stolzierte Amara kopfnickend auf die große, vornehme Tanne zu, knickste und sagte: »Dürfen wir Sie jetzt bitten, Verehrteste?«

Dies also ist

die Geschichte der Großen, Vornehmen.

»Von vornherein stand es fest«, sagte die Große, Vornehme, »daß ich meinen Platz auf dem Stadtmarkt haben würde. Als man mich fällte, beglückwünschten mich die Schwestern im Wald. Und der Förster sagte: ›Solch ein herrliches Exemplar hatten wir lange nicht.‹

Man verlud mich sorgsam, damit keiner meiner Äste beschädigt würde. Dann wurde ich auf die Rathaustreppe gestellt, gegenüber dem größten Einkaufsgeschäft der Stadt. Es heißt Schmidtmüller & Co.

Dieser Name hatte es mir angetan. Er stand mit großen Buchstaben an der Fassade des Hauses. Abends wurde er mit wechselnden Farben angestrahlt. Schmidtmüller & Co., dachte ich, ist gewiß das Großartigste, das es in der Stadt gibt. Und allein seinetwegen wird man das Fest, das man merkwürdigerweise Christfest nennt, veranstaltet haben. Denn die Menschen, die tief unter mir dahinkrochen wie Ameisen, schienen nur ein Ziel zu haben: Schmidtmüller & Co.

Gewiß, auf dem Marktplatz hatte man zusätzlich einige Buden errichtet, aus Zeltstoff und Lattengerüst. Dort gab es Bratwürste zu kaufen, deren Duft mich Tag und Nacht umwölkte. Auch Apfelsinen, Nüsse und Pfefferscheiben wurden feilgeboten. Daneben glitzerte und schimmerte es, genau konnte ich das nicht erkennen, doch mögen es allerlei geschmacklose Artikel gewesen sein, mit denen man, wie ich mir habe sagen lassen, kleinere Christbäume schmückt.

Für mich kam so etwas nicht in Betracht. Ich wurde mit langen elektrischen Lichterketten umwunden. ›Das sieht vornehmer aus‹, sagte der Bürgermeister. Manchmal stieg er sogar die steile Wendeltreppe im Rathaus empor bis zur Turmluke. Er öffnete sie und streckte den Arm zu mir her, wie zur Begrüßung. Doch ich merkte, daß er bloß den Eisendraht prüfen wollte, an dem ich festgebunden war.

Sieht er mich überhaupt? dachte ich enttäuscht. Je länger ich am Rathaus Posten bezog, um so aufgeregter wurde ich. Wie gern hätte ich in das Innere von Schmidtmüller & Co.

geschaut, um das Geheimnis des Weihnachtsfestes zu ergründen. Die Leute, die dort leer hineingingen, kamen nämlich, mit Päckchen und Paketen beladen, wieder heraus. Die wenigsten warfen mir einen Blick zu, so hatte der Besuch bei Schmidtmüller & Co. sie in Anspruch genommen. Mit abwesenden, gehetzten Mienen strebten sie, die Geschenke im Arm, ihrer Wohnung zu. Dabei hätte ich sie gern gefragt: Was habt ihr bei Schmidtmüller & Co. Wichtiges erlebt? Was habt ihr dort geschenkt bekommen? Denn soviel wußte ich in meiner einsamen Höhe auch, daß zu Weihnachten etwas Aufregendes geschieht. Aber was?

Der Abend selbst, von dem alle Leute reden, kam mir kaum bedeutsamer vor als die übrigen Abende. Im Gegenteil, der Marktplatz lag, fast menschenleer, still zu meinen Füßen. Die Buden waren weg. Und das Merkwürdigste: Schmidtmüller & Co. war jetzt von oben bis unten verdunkelt, als ginge die ganze Angelegenheit die Firma nichts mehr an.

Was soll ich noch berichten? Ich strahlte, aber ich verstand nichts. Vielleicht wäre ich glücklicher gewesen, eines von diesen abgeschmackten und glitzrigen, kaum einen Meter großen Bäumchen zu sein, die ich noch vor kurzem verachtete. Und womöglich hätte ich auch mehr erfahren.«

»Seltsam«, schnarrte die Krähe Amara, »ich habe den Eindruck, daß es schwierig ist für jemanden, der seinen Kopf so weit oben hat. Das Vornehme tut es anscheinend nicht allein. Soviel, denke ich, kann man aus dieser Geschichte lernen.«

Die Krähen schlugen allesamt beifällig mit den Flügeln. Dann stolzierte Amara kopfnickend auf ein kleines, dürftiges Fichtenbäumchen zu, knickste und sagte: »Du bist dran, meine Liebe.«

Dies also ist

die Geschichte der Kleinen, Dürftigen.

»Zuerst«, sagte die Kleine, Dürftige, »erschrak ich furchtbar, auch wenn ich nichts Großartiges erwartete. Doch der Holzhauer hätte wohl etwas taktvoller sein können. ›Diesen Krüppel nehmen wir noch mit‹, brummte er, als er mit der Axt zuschlug. Dabei bin ich keineswegs krüppelhaft gewachsen, nur eben klein und ein bißchen dürftig. Die Hasen in der Lichtung machten sich einen Spaß daraus, über mich weg zu springen. Und das Eichkätzchen spottete: ›Willst du denn gar nicht wachsen?‹

Es ist wahr, mein Wuchs machte mir Kummer, doch bald stellte sich heraus, daß dieser bedauerliche Umstand, nämlich meine Winzigkeit, ein Grund war, mich zu kaufen. Es dauerte nicht lange, da hatte die grauhaarige Frau mit dem Schultertuch mich entdeckt. ›Den nehme ich‹, sagte sie erfreut, ›der paßt genau dorthin, wo ich ihn brauche.‹

Es war eine resolute Frau, sie machte nicht viel Umstände. Allerdings hörte ich sie mehrfach seufzen, während sie vier oder fünf Kerzen an meinen Zweigen befestigte und silbrige Fäden über mich streute. Einmal glaubte ich sogar Tränen in ihren Augen zu entdecken. Sie betrachtete das Foto eines jungen Mannes und stellte es kopfschüttelnd wieder auf die Kommode zurück. ›Noch ein halbes Jahr‹, flüsterte sie, ›dann wird er freikommen.‹ Und an mich gewandt, fügte sie hinzu: ›Sag ihm, Bäumchen, daß ich auf ihn warte und daß ich Tag und Nacht an ihn denke.‹

Danach packte sie allerlei kleine Geschenke in eine Tasche, Pfefferscheiben, Äpfel, auch Zigaretten, und machte sich auf den Weg. Sorgsam trug die Frau mich im Arm, und ich merkte zu meiner Freude, daß ich auf keinen Fall größer oder schwerer hätte sein dürfen.

Bald wußte ich auch, wohin wir gingen. Das war, wie gesagt, zuerst eine Enttäuschung. Man verbringt ja Weihnachten nicht gern im Gefängnis. Genau das aber war mir beschieden.

Ich stand in der Zelle auf dem Tisch, neben dem Wasserleitungsrohr. Der junge Mensch, den die Mutter mit Schorsch anredete, schien mich überhaupt nicht zu bemerken. Ungekämmt hockte er auf dem Schemel. Die Haarzotteln hingen ihm tief ins Gesicht, daß man die Augen kaum erkennen konnte.

Arme Mutter, dachte ich. Kaum hatte sie, mit Erlaubnis des Gefängniswärters, die Kerzen angezündet, da fragte er: ›Hast du mir Stoff mitgebracht?‹ Ich sah, wie die Mutter erschrak und den Kopf schüttelte, wußte aber nicht, um welchen Stoff es sich handelte. ›Dann geh‹, sagte der Sohn. Die Mutter weinte, als er die Tür hinter ihr schloß.

Sobald Schorsch allein war, wischte er wütend die Geschenke vom Tisch. Eine Weile stand er und starrte gegen die Wand. Dann fing er an, von dem blauweiß karierten Bettbezug schmale Streifen abzureißen.

Er will fliehen, dachte ich. Doch nein, er machte eine Schlinge aus dem Streifen und befestigte sie weit oben am Wasserleitungsrohr.

Jetzt wurde mir angst. Ich mußte an die Mutter denken, wie sie sich härmte um ihren Sohn Schorsch und wie sie auf ihn wartete. Wollte er sich das Leben nehmen?

Tu es nicht, tu es nicht, versuchte ich dem Jungen zuzurufen, doch die Menschen verstehen sich nur selten auf die Sprache der Bäume. Deshalb konnte ich nichts vollbringen als zittern, so daß meine kleinen, dürftigen Zweige bebten und die Kerzen wild zu flackern begannen.

Das muß der Bursche bemerkt haben. Wie abwesend blickte er zu mir in die Ecke, bis er selber anfing zu zittern und zu schluchzen. Er warf die Schlinge fort, stieg herab vom Tisch und stützte den Kopf in die Hände. Er merkte nicht mal, wie eine Kerze nach der anderen verlosch. Zuletzt, als es dunkel wurde in der Zelle, war Schorsch, den Kopf auf der Tischplatte, eingeschlafen. Dabei berührte er einen meiner untersten Zweige, und ich wußte, als ich seinen Atem spürte, daß er nun wohl keine Dummheiten mehr machen würde. Glücklicher, so denke ich jetzt, bin ich nie gewesen.«

»Eine aufregende Geschichte«, schnarrte die Krähe Amara, »man sollte es kaum glauben, daß das Kleine und Dürftige zuweilen auch Großes und Entscheidendes ausrichten kann.«

Die Krähen schlugen allesamt beifällig mit den Flügeln. Dann stolzierte Amara kopfnickend auf die breitästige, stämmige Tanne zu, knickste und sagte: »Wie wäre es, meine Gnädige, jetzt mit Ihnen?«

Dies also ist

die Geschichte von der Breitästigen, Stämmigen.

»Gnädige?« sagte die Breitästige, Stämmige etwas ungehalten, »warum nennst du mich so? Dort, wo man mir meinen Standort zuwies, war von Gnade nicht viel zu bemerken. Ich gestehe, daß ich zuerst nichts weniger als erfreut gewesen bin, als ich das zusammengelaufene Volk um mich herum betrachtete. Lauter Landstreicher, Strolche und Tippelbrüder. Sehr vertrauenerweckend sahen sie nicht aus, obwohl sie verlegene oder feierliche Gesichter machten, während die Kerzen an meinen mit Engelshaar geschmückten Zweigen angezündet wurden. Elektrische Kerzen, natürlich, denn es hat in früheren Jahren schon mal eine Schlägerei und einen Zimmerbrand gegeben, so daß die Feuerwehr anrücken mußte.

Gott ja, wohin war ich geraten, ausgerechnet ich, die draußen im Wald bei Tieren und Menschen besonderes Ansehen genoß. Wer mich erblickte, hob die Augen bewundernd zu meiner Krone empor: ›Seht doch, welch herrlicher Wuchs! Wirklich entzückend!‹ So oder ähnlich hörte ich es oft. Darüber war ich anspruchsvoll geworden, wenn auch nicht ganz so stolz wie meine Schwester, die Tanne vom Rathausplatz.

Kann man es mir verargen, daß ich mürrisch in den großen, halbdunklen Saal blickte, der sich ›Herberge zur Heimat‹ nannte und der, obwohl man ihn mit Fichtengrün geschmückt hatte, scheußlich nach Schweiß und Fußbodenöl roch? Die Kerle hockten zuerst fast stumm an den Tischen. Manchmal steckten sie die Köpfe zusammen und flüsterten. Erst als man ihnen einen Schuß Rum in den Tee goß, wurden die Gespräche lebhafter.

Und was glaubt ihr wohl, was die beiden Burschen, die in meiner Nähe saßen, dann für einen sauberen Plan ausheckten? Während die anderen ›Stille Nacht‹ sangen oder ›O du fröhliche‹, überlegten sie, ob sie am Ende der Feier nicht die Krippenfiguren verschwinden lassen könnten, um sie anderweitig für Geld zu verschachern.

Krippenfiguren? Ich hatte bis dahin noch gar nicht gemerkt, daß so etwas wie eine Krippe, angelehnt an den Stamm, unter meinen Zweigen sich befand. Die Figuren waren aus Holz geschnitzt und mit bunten Farben bemalt.

Dergleichen wäre eine Kostbarkeit und würde teuer bezahlt, behauptete der eine der Männer, ein alter, pockennarbiger Kerl. Der andere, ein Jüngerer mit hagerem Gesicht und großen, hungrigen Augen, zögerte. An Krippenfiguren, sagte er, dürfe man sich nicht vergreifen, besonders an Maria und Joseph nicht, noch weniger am Jesuskind. Tue man es trotzdem, so fände man weder Ruhe noch Gnade, nicht bei Gott und nicht bei den Menschen.

Da war es also, das merkwürdige Wort von der Gnade. Es muß ein wichtiges, ziemlich schreckhaftes Wort sein, denn der Pockennarbige zog das Maul schief und brummte: »Na gut, dann klauen wir eben bloß die Tiere.«

Ich erschrak. Da müßte doch ein Blitz dreinfahren, dachte ich in ohnmächtigem Zorn. Kaum hatte ich es gedacht, es war kurz vor der zwölften Stunde, da geschah etwas Merkwürdiges: draußen machte ein Sturm sich auf, wild prasselte der

Regen gegen die Fensterscheiben. Es dauerte auch nicht lange, da blitzte und donnerte es.

Wintergewitter gibt es selten, doch ich hatte schon einige erlebt. Für Augenblicke ging sogar das Licht aus, der Saal lag im Dunkeln. Und womöglich hat der Pockennarbige diese Gelegenheit nutzen wollen. Er stand nämlich, als der elektrische Strom zurückkehrte und meine sämtlichen Kerzen in scharfem Glanz jäh aufblitzten, direkt neben der Krippe und hatte schon die Hand ausgestreckt. ›Verdammter Lichterbaum‹, murmelte er, zog die Hand weg von der Krippe und schlich geduckt an den Tisch zurück, wo der Magere ihn hohnlachend empfing.

Was es mit der Gnade für eine Bewandtnis hat, haben mir dann, als der Saal leer war und die Tippelbrüder sich auf ihre Schlafpritschen verkrochen hatten, die Krippentiere erzählt. Besonders der Ochse konnte sich nicht genug tun, von einem Stall in Bethlehem zu berichten, denn in diesem Stall, so sagte er, ist die Gnade für alle Menschen zur Welt gekommen, auch für solche Habenichtse, wie es die beiden Tippelbrüder sind. ›Falls sie bereuen‹, versicherte der Ochse, ›werden sie ohne Strafe ausgehen. Habe ich recht, Bruder Esel?‹

Der Esel, der weniger gesprächig war, stellte die Ohren aufrecht und pflichtete dem Ochsen bei.

Zuletzt meldete sich das Schaf. Es wußte von einem Engel auf dem Feld Wunderliches mitzuteilen. Niemand brauche sich mehr zu fürchten, habe der Engel über die Hürden hinweg geschrien, weder Menschen noch Tiere, nicht mal die Lämmer, die doch großen Gefahren ausgesetzt sind.

Ich fragte, wie denn diese vielberufene Gnade aussähe und ob auch wir Bäume keine Angst mehr zu haben brauchten.

Der Ochse antwortete, von den Bäumen wüßte er nichts, doch die Gnade sähe aus wie ein Kind, genau gesagt, wie das Jesuskind, das in der Krippe liegt. ›Man braucht bloß hinzugehen‹, brummelte er, ›dann sieht man es.‹

Auch ich habe das Jesuskind gesehen, freilich nur kurz, als man ein paar Tage später die Krippe ausräumte. Der Hausverwalter packte die Figuren in Holzwolle ein. Es verdroß ihn, daß die Farbe abblätterte am heiligen Joseph.

Gleichzeitig wurde auch ich auf die Straße gesetzt, gegen meinen Willen, denn es gefiel mir plötzlich in der ›Herberge zur Heimat‹. Und den Abscheu gegen das hergelaufene Volk und die Pennbrüder habe ich kaum noch empfunden.«

»Erfreulich«, schnarrte die Krähe Amara, »besonders, was du von der Angst gesagt hast. Wie schön wäre es, wenn wir Krähen uns ebenfalls nicht mehr zu fürchten brauchten.«

Die Krähen schlugen allesamt beifällig mit den Flügeln. Dann stolzierte Amara kopfnickend auf die Fichte mit dem geknickten Zweig zu und sagte: »Darf ich Sie jetzt bitten, mein schüchternes Fräulein?«

Dies also ist

die Geschichte von der Schüchternen mit dem geknickten Zweig.

»Früher«, sagte die Schüchterne mit dem geknickten Zweig, »bin ich alles andere als schüchtern gewesen. Ich stand ganz oben in der Waldlichtung und sah als erste, wenn die Sonne hinter den Bergen aufging. Dann fing ich jedesmal an zu singen, aber so leise, daß nur die Weidenröschen neben mir es hörten. ›Weshalb singst du?‹ fragten die schlanken, rosafarbenen Blumen. Ich antwortete: ›Weil ich mich freue. Am liebsten möchte ich der Sonne entgegenlaufen!‹ ›Laß das lieber bleiben‹, raunten die Weidenröschen.

Ich seufzte und fügte mich in mein Los. Später, als der Holzhacker uns schlug und der Nordweststurm pfiff, rollte ich ein Stück den Berghang hinunter.

›Halt!‹ rief der Holzhacker, ›willst du etwa ausreißen?‹ Er griff nach mir und hielt mich mit seiner harten Faust fest.

Dabei knickte der Zweig. ›Schade‹, sagte der Holzhacker, ›den müssen wir jetzt billiger verkaufen.‹

So kam ich auf den Weihnachtsmarkt, und jeder, der mich betrachtete, sagte: › Ein schöner Baum, hätte er bloß den geknickten Zweig nicht.‹ Zuletzt kam ein Mann, der war nicht alt, doch er ging gebückt, und in seinem Gesicht war der Kummer deutlich zu lesen. ›Macht nichts‹, sagte er, als der Baumverkäufer ihn auf den Knick aufmerksam machte, ›wir haben dies Jahr sowieso keine Festtagsfreude, aber ein Bäumchen, sagt die Frau, muß halt sein.‹ Er bezahlte den halben Preis und trug mich unter dem Arm nach Hause.

Ich merkte bald, daß die Leute, die übrigens Sonnenberg hießen, trotz ihres heiteren Namens voller Traurigkeit waren. ›Wollen wir den Baum überhaupt zurechtputzen?‹ fragte die Frau und wischte sich die Augen. ›Aber geh‹, antwortete der Mann, ›heute ist Weihnachten, da wollen wir doch die Hoffnung nicht ganz aufgeben.‹ Die Frau nickte und öffnete den Karton mit dem Baumschmuck. Während sie mich mit farbigen Glaskugeln und Flitterzeug behängte, seufzte sie: ›Wenigstens eine Karte hätte Sabine schreiben können. Ist der Briefträger schon dagewesen?‹

Ja, der Briefträger hatte nichts gebracht. Es war sehr still in der Wohnung. Offenbar war die Tochter Sabine, von der sie sprachen, ihr einziges Kind. Und Sabine hatte die Eltern verlassen, als sie sechzehn Jahre alt war. Forscht nicht nach mir, schrieb sie auf einen Zettel, vielleicht komme ich wieder, vielleicht auch nicht.

›Nein, diese Ungewißheit‹, seufzte die Frau, ›wie kann uns das Mädchen das antun?‹

Als es dunkel wurde, entzündete der Mann die Kerzen. Er saß am Tisch und hielt den Blick starr auf mich gerichtet. Wie schmerzlich war es für mich, ihnen nicht helfen zu können.

›Wo ist denn der Engel?‹ fragte der Mann plötzlich. ›Den hat Sabine doch besonders geliebt?‹

›Ich habe ihn im Karton gelassen‹, antwortete die Frau hart. ›Ist ja auch nirgends mehr Platz für ihn.‹

›O doch‹, sagte der Mann. Er stand auf, ging in die Küche und kam mit einem Holzspan und einem handgroßen Schächtelchen zurück.

›Was hast du vor?‹ fragte die Frau.

Der Mann antwortete nicht. Er öffnete das Schächtelchen, nahm eine Rolle heraus, die er Leukoplast nannte, und schnitt mit der Schere ein Stück davon ab. Dann hob er meinen geknickten Zweig vorsichtig in die Höhe, legte den Holzspan an die Bruchstelle und umwickelte beides mit Leukoplast.

›Besonders schön sieht es nicht aus‹, murmelte er, ›aber wir haben wenigstens einen Zweig, auf dem der Engel sitzen kann.‹

Es war ein kleiner, abgegriffener Engel aus Pappmaschee, mit schmutzigen, bemerkenswert großen Flügeln.

›Weißt du noch‹, sagte die Frau, ›als Sabine ihn geschenkt bekam? Damals war sie vier Jahre alt.‹

›Und sie würde sich sehr wundern‹, fügte der Mann hinzu, ›wenn sie jetzt zur Tür hereinträte, und der Engel läge im Kasten.‹

So saßen sie, die beiden, und warteten darauf, daß es klingeln oder daß die Tür aufgehen würde. Jedoch es geschah nichts, diesen Abend und auch an den folgenden nicht. Wie gern hätte ich das Klingeln an der Wohnungstür gehört. Ich suchte mein Bleiben bei den Sonnenbergs hinauszuzögern, zumal ich mich im Spiegel gegenüber sehen konnte und, sooft ich den geheilten Zweig mit dem Engel darauf betrachtete, gern ein wenig gesungen hätte. Aber Herr Sonnenberg sagte: ›Schade, das Bäumchen nadelt schon.‹ Er brachte mich, als ich abgeputzt war, hinunter auf den Hof und stellte mich neben die Mülltonne.«

»Tut mir leid«, schnarrte die Krähe Amara, »ich hätte der

Sache einen lustigeren Schluß gewünscht. Doch selbst Weihnachtsgeschichten gehen offenbar nicht immer glücklich aus.«

Die Krähen schlugen allesamt beifällig mit den Flügeln. Dann stolzierte Amara kopfnickend auf die blaßgrüne Fichte zu, die im Hintergrund stand und sagte: »Blaßgrünes Mädchen, ich hoffe, du hast uns auch etwas zu erzählen?«

Dies also ist

die Geschichte von der Blaßgrünen.

»Blaß«, sagte die Blaßgrüne, »bin ich schon immer gewesen. Der Fuchs, wenn er an mir vorbeischlich, raunte: ›Was ist los mit dir? Weshalb bist du nicht dunkelgrün wie deine Schwestern?‹ Ich wußte nichts darauf zu erwidern, doch ich fühlte, daß die Blässe mit meinen Empfindungen zusammenhing. Alles erlebte ich stärker als meine Geschwister, die Freude, den Schmerz, den Schrecken. Ich bebte vor Wonne, wenn die Lichtung im Sonnenglanz strahlte; ich zitterte vor Angst, sooft der Sturm die Wipfel beugte oder Eiskristalle vor sich her schob. Krank war ich nicht, doch meine Nadeln wurden auffällig lang und blasser von Jahr zu Jahr. ›Mach dir nichts draus‹, wisperte der Fuchs, ›vielleicht bist du ein Dichter. Denn von diesen weiß man, daß sie lange Haare und eine bleiche Gesichtsfarbe haben.‹

Später, als die Säge meinen Stamm durchschnitt, war ich, wie ihr euch denken könnt, in verzweifelter Gemütverfassung. Doch ich tröstete mich mit dem Gedanken, daß vielleicht ein Dichter mich kaufen und in seinem Zimmer aufstellen könnte.

Genau wußte ich nicht, was ein Dichter ist, doch fühlte ich, ohne ihn zu kennen, eine gewisse Verwandtschaft. Vor Erwartung bebend, stand ich mehrere Tage auf dem Weihnachtsmarkt. Ich wunderte mich keineswegs, daß ich lange

Geduld haben mußte, denn Dichter gibt es, wie der Fuchs behauptet, immer nur wenige.

Ich schaute deshalb, sobald Käufer sich näherten, besonders nach Leuten mit blassen Gesichtern aus, lange vergeblich.

Wer aber kann meine Freude beschreiben, als wenige Tage vor dem Fest ein solches Bleichgesicht mich kurz betrachtete und sagte: ›Der paßt, den nehmen wir.‹

Zusammen mit zehn oder zwölf anderen etwa gleich großen Bäumchen wurde ich auf ein offenes Auto geladen. Wir fuhren quer durch die Stadt und hielten vor einem hohen, langgestreckten Haus mit vielen Fenstern und Türen.

Zu meinem Schrecken erfuhr ich, daß dies ein Krankenhaus war. Wir wurden, wie es Sitte ist, geschmückt und mit Kerzen besteckt, dann verteilte man uns auf die einzelnen Zimmer.

Die Patienten in Zimmer 22 freuten sich sichtlich, als der Mann mit dem bleichen Gesicht, der übrigens Ernst Ferdinand hieß, mich auf einen Tisch in der Nähe des Fensters stellte und sagte: ›Diese Seite ist die schönste, die rücken wir nach vorn.‹

Ich wußte bis dahin nicht, daß ich zwei verschiedene Ansichten besaß, die eine schön, die andere weniger schön. Vielleicht muß das bei Dichtern so sein, dachte ich und nahm mir vor, mich, wenn möglich, von meiner schönen Seite zu zeigen.

Tatsächlich, es war an dem Abend, an dem ich leuchtete, sehr stimmungsvoll. Ich zitterte und bebte, so gut ich konnte, um meinen feierlichen Empfindungen Ausdruck zu verleihen. Die Patienten, die zumeist reglos im Bett lagen, müssen das gespürt haben. Sie wendeten mir die abgezehrten Gesichter zu. Ein versöhnlicher Glanz kam in ihre Augen, und ich hörte sie flüstern: ›Wie schön, daß man uns dieses Licht beschert hat. Solange es brennt, brauchen wir nicht an unsere Krankheit zu denken.‹

Nur einer war da, der mich nicht beachtete, obwohl sein Bett in meiner Nähe stand. Seine Arme waren mit dickem Verbandsstoff umwickelt. Ich sah bloß den derben, rotbäckigen Kopf, die klobige Nase, die kahle Stirn. Er hieß Gustav Malucha und war, wie ich hörte, auf der Straße von einem Auto angefahren worden.

›Das kommt davon‹, sagte der Pfleger Ernst Ferdinand lächelnd, ›wenn man nichts anderes im Sinn hat als Gedichte.‹ Und zur Krankenschwester gewendet, die dem Verunglückten einen gläsernen Behälter unterschob, fügte er hinzu: ›Sie wissen doch, daß dieser Malucha ein stadtbekannter Dichter ist?‹

Die Krankenschwester schien sich darüber wenig Gedanken zu machen, doch ich konnte die ganze Nacht vor Aufregung nicht schlafen. Mein Gott, war ich nun doch noch dazu ausersehen, einem richtigen Dichter zu begegnen!

Ich wartete zwei Tage, aber Malucha würdigte mich keines Blickes. Meist schnarchte er. Und sooft er aufwachte, gab er knurrende Laute von sich, die mir keineswegs wie Gedichte vorkamen. Auch sein unschönes, grobschlächtiges Aussehen machte mich ratlos. Wo blieb die vornehme, empfindsame Blässe? Wo das sanft gescheitelte, lange Haar? War dies im Bett da nicht eher ein Holzhauergesicht, wie ich es von der Waldlichtung her kannte?

Leider, so muß ich hinzufügen, wurde mir auch in der folgenden Zeit nicht klar, ob Ernst Ferdinand recht gehabt hat. Ich kann demnach die Möglichkeit nicht ausschließen, daß man sich Dichter anders vorstellen muß, als der Fuchs dies behauptet.

Doch wenn der rotbäckige Malucha, der Mann mit dem breiten Gesicht und der klobigen Nase, wirklich ein Dichter war, wie will ich meinem Geschick dankbar sein für diese

Begegnung, auch wenn Ernst Ferdinand mich gleich nach Neujahr – der Malucha entfaltete da bereits einen kräftigen Appetit – vom Tisch nahm, mir den Weihnachtsputz von den Zweigen riß und mich kurzerhand zum Fenster hinauswarf.«

»Dichter hin, Dichter her«, schnarrte die Krähe Amara, »es kommt darauf an,wie einer innerlich aussieht. Das ist bei den Vögeln nicht anders als bei den Menschen. Oder will man etwa behaupten, wir Krähen seien besonders böse, weil wir schwarzes Gefieder haben?«

Die Krähen schlugen allesamt beifällig mit den Flügeln. Dann stolzierte Amara kopfnickend auf die letzte Fichte zu, die so unscheinbar war, daß man sie zuerst gar nicht mitgezählt hatte und die deshalb die Überzählige hieß. »Überzählige«, schnarrte Amara, »wie ist es mit dir? Hast du uns auch etwas zu sagen?«

Also dies ist
die Geschichte der Überzähligen.

»Wenn es nach mir ginge«, sagte die Überzählige, »ich schwiege lieber. Denn ich bin, so lange ich denken kann, stets überzählig gewesen. Mag sein, daß die Frauen, welche die Holzschläge mit frischen Stecklingen bepflanzten, mich aus einem ihrer Körbe verloren – jedenfalls lag ich, nicht viel größer als eine Hand, mit nackter Wurzel zwischen den ordnungsgemäß nach der Schnur gezogenen Setzreihen und wäre gewiß vertrocknet, hätte nicht in der folgenden Nacht eine Maus an meinen Nadeln geschnuppert: ›Herrjeh‹, wisperte sie, ›weshalb hat man die Wurzel nicht mit Erde bedeckt? Das wird übel für dich auslaufen, du armes Ding!‹

Die Maus, weil sie Mitleid hatte mit mir, richtete mich behutsam auf und scharrte mit ihren winzigen Pfötchen so lange, bis die Wurzel in einem kleinen Erdhügel verschwand. Danach regnete es ein paar Tage, und ich war gerettet. Nur eben, ich befand mich außerhalb der vom Forstamt befohlenen Ordnung. Einige Jahre ging das gut, bis der Förster mich entdeckte und befahl: ›Nehmt ihn weg, den Kümmerling! Den können wir höchstens als Weihnachtsbaum verkaufen!‹

So kam ich auf den Markt, doch nicht mal die Kauflustigen wollten etwas von mir wissen. Sooft einer mich in die Hand nahm, ließ er mich sogleich fahren, als hätte ich ihn gestochen mit meinen Nadeln.

Schließlich, als eine weißhaarige, noch rüstige Frau, eine Rentnerin, wie ich später erfuhr, den letzten Baum neben mir erwarb, sagte der Verkäufer, indem er mich beim Schopf griff: ›Hier, den schenke ich Ihnen dazu, falls Sie ihn haben wollen, Frau Huwald.‹

›Recht gern‹, antwortete die Rentnerin, ›vielen Dank auch.‹

Da war ich also wieder die Überzählige. Trotzdem gefiel mir an der Frau, daß sie Huwald hieß. Wenigstens ein kleiner Trost, dachte ich.

Auch sonst schien die Rentnerin eine freundliche und tatkräftige Person zu sein. Sie wohnte im Hinterhof, wo, wie ich bald merkte, allerlei fremdes Volk sich herumtrieb, besonders viele schwarzhaarige Kinder, die ›Tante Huwald! Tante Huwald!‹ hinter ihr her riefen.

Uns beide – ich meine den Baum, den sie gekauft, und den Baum, den sie geschenkt bekommen hatte – betrachtete sie aufmerksam eine Weile, dann verschwand sie mit dem gekauften. Mich stellte sie in den Schuppen, hinter den Sägebock.

Ein Tag nach dem anderen verging. Draußen schneite es. Die Kaninchen, die nebenan im Stall ihr Futter fraßen, konnten ich nicht fragen, ob das Weihnachtsfest etwa schon vorüber wäre. Uns trennte eine Lattenwand, und die Kaninchen hätten es auch nicht gewußt.

Schon fing ich an, mich über mein unnützes Dasein zu grämen, da öffnete sich eines Morgens die Tür des Holzschuppens, die Rentnerin stürzte herein und rief: ›Mein Gott, fast hätte ich dich vergessen! Entschuldige, Bäumchen, aber noch ist es Zeit. Komm, ich werde dich ein wenig herausputzen!‹

Sie trug mich in ihre Wohnung, befestigte meinen Stamm in einem Holzkreuz und konnte sich nicht genug tun, mich mit Kerzen, mit Engelshaar und allerlei Flitterzeug zu schmücken. Sogar knallrote Äpfelchen und Zuckerwerk in Stanniolpapier hängte sie in meine Zweige. Von Zeit zu Zeit schlug sie die Hände zusammen: ›Nein, Bäumchen, wenn du dich sehen könntest! Gib acht, die Kinder werden eine riesige Freude haben!‹

Was redet sie von Kindern? dachte ich. Denn Frau Huwald war eine Witwe, deren einziger Sohn vor vielen Jahren starb – gewiß, deswegen tat sie mir manchmal leid. Doch jetzt packte sie allerlei Süßigkeiten zusammen, Kuchen, Apfelsinen, Pfeffernüsse, dazu auch nützliche Gegenstände: Strümpfe, Hemdchen, Blüschen, dicke Wollmützen, die sie selber gestrickt hatte, sogar ein Paar Schlittschuhe und zwei Puppen mit Plastikköpfen. Alles verschwand in den bereitgestellten Kartons, die wiederum in einen Tragkorb gepackt wurden, den die Rentnerin auf den Rücken hob. Mich, den überzähligen Baum, trug sie in der Hand. ›Nun werden wir sehen‹, rief sie mit hochroten Wangen, ›was die Bambinos dazu sagen!‹

Mit den Bambinos meinte sie die Kinder der Familie Menotti, die im Kellergeschoß des rückwärtigen Backsteinhauses wohnten. Fünf Kinder waren es, Enrico, Marietta, Giacomo, Elena, Luigi, drei Jungen und zwei Mädchen. Die Namen habe ich im Gedächtnis behalten, weil ich mich noch zehn Tage bei den Menottis aufhielt. Die Kinder waren zuerst etwas scheu. Doch dann, als die Tante die Kerzen anzündete und die Geschenke auspackte, ging ein Trubel in der engen Wohnung los, daß ich Angst bekam, eines von diesen hüpfenden und singenden, schwarzköpfigen Bambinos würde mich umwerfen.

Hier, das merkte ich, war ich nicht überzählig. Als der Vater Menotti, der auswärts arbeitete, ein paar Tage Urlaub bekam, wurden frische Kerzen aufgesteckt, und die Lustbarkeit begann aufs neue.

Zuletzt freilich stand auch ich nackt und ungeschmückt neben der Mülltonne. Doch was tat die kleine Marietta? Sie kam über den leeren, mit Regenpfützen bedeckten Hof, griff nach einem Streifchen Lametta und streichelte meine bereits verdorrenden Nadeln. Das werde ich nie vergessen.«

»Eine tröstliche Geschichte«, schnarrte die Krähe Amara, »denn sie zeigt, daß die Überzähligen auch zu etwas nütze sind.«

Die Krähen schlugen allesamt beifällig mit den Flügeln.

»Dank! Dank!« riefen sie im Chor. Sie knicksten und hoben sich in die Luft, alle zugleich. Es war, als verdunkelte der Schwarm den Himmel.

Die sieben abgetakelten Bäume standen wie vordem dicht zusammen, ein winziger, im Nieselregen kaum sichtbarer Wald. Sie betrachteten die Aschenhügel ringsum, die ausrangierten Autoreifen, die Pappkartons, die Flaschen und Plastikbeutel. Stumm starrten sie vor sich hin und hingen ihren Erinnerungen nach. Plötzlich merkten sie, daß die Krähe Amara noch einmal zurückkam. »Was willst du?« fragte die Überzählige.

»Ich wollte euch bloß daran erinnern«, schnarrte die Krähe, »daß, wenn das Schaf recht hat, ihr euch nicht zu fürchten braucht. Wozu gäbe es sonst Weihnachten? Doch das wißt ihr besser als ich.«

Damit verbeugte Amara sich vor den sieben ungleich hohen Bäumen, breitete die Fittiche und flog lautlos, wie ein schwarzer Engel, davon.

Bethlehem

Ein Ort in allen vier Winden,
ein Ort mit Tauben und Blinden –
Bethlehem.

Ein Ort, so arm wie verloren,
mit verschlossenen Herzen und Toren –
Bethlehem.

Ein Ort mit Gassen und Straßen,
in denen Flüchtlinge saßen –
Bethlehem.

Ein Ort mit Spöttern und Frommen,
ein Ort, wo wir alle herkommen –
Bethlehem.

Ein Ort, wo wir alle hingehen,
das Kind in der Krippe zu sehen –
Bethlehem.

Ein Ort, wo wir knien auf der Erden:
Gott will unser Bruder werden –
Bethlehem.